GOBOOKS & SITAK GROUP©

GOBOOKS
& SITAK
GROUP©

朧月書版

朧月書版

困在惡魔α的香氣裡
上
Author 子陽
Illust. Gene

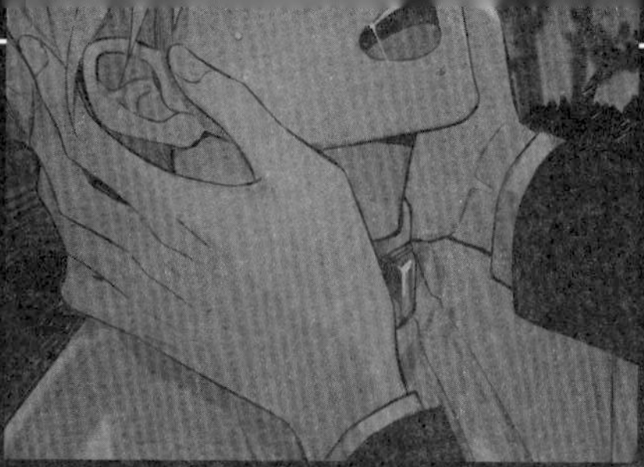

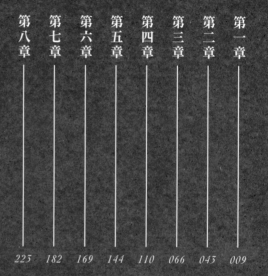

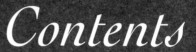

Contents

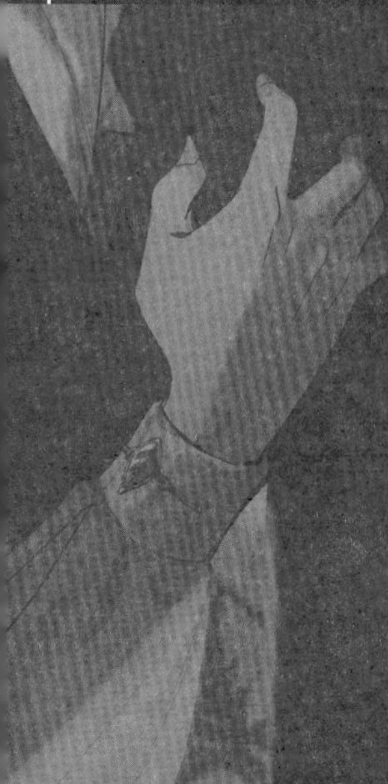

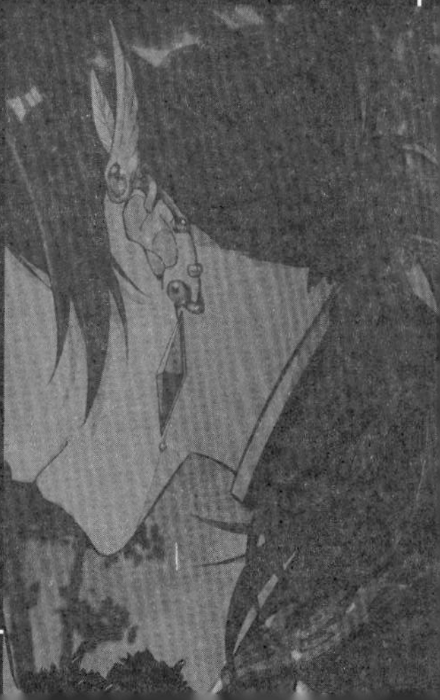

Fall into the Devil α's Fragrance

第一章

——為什麼是我？為什麼我會遇到這種事？

月黑風高，一個男人赤腳在森林裡跑著，身上只有裹著一條毛巾。

——不要過來！不要過來！

他忽略腳下的刺痛感，無視腳底被草葉割出的傷口，他死命奔跑，能跑得越遠越好。

——啊啊啊啊啊！

他咬緊牙關，心裡早就因為恐懼而尖叫吶喊，但他仍摀著嘴巴，不敢讓聲音洩出，彷彿後面有什麼怪物在追他。

那個怪物聽到聲音或聞到氣味就會追過來，他是夜晚的統治者，他是惡魔。

——這麼荒謬的事情……

他不敢回頭看，不敢回頭確認後面的「惡魔」有沒有追過來，但他可以聽到森林裡好像有野獸在咆哮、有變異的蟲鳴鳥叫，那些原本應該是屬於大自然的聲音，在此刻都變得扭曲，好像要把他吞沒。

水氣黏在他頭髮上，將他淺色的髮絲變得有如沾染星光。天上是沒有星星的，也沒有月光，四周陰暗得彷彿在一場醒不過來的惡夢裡，黑暗即是無盡。

要往哪裡跑，還有哪裡可以去？

他看著無盡延伸的樹林，樹幹上長滿了扎手的尖刺，從樹上倒掛下來的黑色藤蔓也等待著自投羅網的蠢蛋。而他，連應付自然環境的裝備都沒有。

他不僅赤著腳，還全身赤裸，勉強用來包裹的毛巾只能遮羞，讓他保有最後一絲的人性尊嚴。光裸的臂膀上冒出些微汗珠，整個人看起來像塗上了神聖的蜜油，讓他在狼狽之餘，有一股說不出的誘人魅力。

「哈啊……啊……」

白流星顫抖著雙腿，放慢腳步，邊走邊喘氣。吸進去的空氣變得乾澀，不停刮著喉嚨和肺。他的體力很快就支撐不住了，但他還是不允許自己停下來。

——再一步就好，再往前一步就好……

——不可以在這時候停下來！

他覺得過去好像也有這種必須不斷勉強自己的時候，但是他想不起來，腦袋裡一片模糊，就像眼前的黑暗。他已經分不清樹上的光點是貓頭鷹的眼睛，還是野獸的目光，但那些都不是好預兆。

他走了幾步，看到樹幹上結出畸形的瘤、垂下來的蕨類植物形狀像蛛網，這些在幾分鐘之前好像就已經看過了……

他轉頭走往另一個方向。

「快走……快走……你不能停下來……流星，你可以的……」

白流星一邊鼓勵著自己，一邊卻因為恐懼而心臟狂跳。

後面沒有人，但他確定那個惡魔一定會來追他。

證據就是，他一直沒有擺脫掉那若有似無的香氣，好像是梔子花的味道。香氣纏繞在森林裡，在樹幹、在樹梢，在踩著雜草的腳指縫內，彷彿天羅地網般籠罩著四面八方，讓他逃不出去。

「啊啊……啊……」

真的走不下去了，白流星雙腿癱軟地跪在草地上。

即使他無視草葉、樹枝造成的皮肉傷，認為自己很堅強，不是受了點小傷就會唉唉叫的人，他卻沒辦法忽視雙腿間的溼漉。淫水從股間流出，陰莖勃起著，他不敢相信自己居然以這樣的身體狀態走了那麼久，難怪此刻會累到一步也動不了。

溼答答的蜜液沿著大腿內側、小腿滑下來，滴到了草地上，很快就被草葉吸收，彷彿那也是露珠的一種。白流星低頭摸了一把，手指上沾著透明的體液，心裡有一股說不出的厭煩。

Ω的身體動不動就會出水，還有時間週期，想做什麼都得「看日子」，現在連逃跑都嫌礙事……白流星一邊在腦袋裡發牢騷，手卻一邊不由自主地往下摸，從會陰摸到後面的穴口，已經溼成一片。

——一下下……只要一下下就好……

他想把手指插進去，把自己弄得一團糟，但這個時間點、這個場合，怎麼可以……

——不會怎麼樣的……

想摸自己卻又有一股罪惡感，好像對「逃跑」還不夠努力，白流星沒辦法原諒不努力的自己，所以必須抵抗來自身體深處的欲望。

「唔！」

光是指尖摸到穴口，那裡就像感應到即將有東西入侵而縮緊，但這並非抗拒的舉動，而是狂喜，它想要把入侵的物體統統含進去。

——要逃跑……要逃跑才行……

情欲上頭，嘴裡的嘆息變得越發沉重，呼出來的空氣彷彿也變得混濁，白流星發現自己在散發香味，那讓他嚇了一跳。

——不可以！

Ω的信息素會把α吸引過來，那個惡魔一定會知道他的位置……

但是，只要一下下，摸一下下就好。

他實在忍不住了。

白流星先以一根手指探入後穴，但感覺根本不夠，他的手指太纖細了。想要粗壯的東西，不是沒有感情的無機物，他想要男人的肉棒、想要菁英α最傲人的地方。朝他插進來、抓住他的身體用力插進來，因為他的後穴就是專門容納肉棒的地方，那裡是為α量身打造的，只有α的精液能舒緩他體內的躁熱。這股熱讓他無法思考，讓他的身體變得不像自己，讓他耽溺在情欲中無法自拔。

「啊啊……」

他咬著下唇，忍耐著羞恥與罪惡感，放入兩根、三根手指。指腹摸過裡面的皺折，反覆摩擦著，他感受到陣陣的戰慄宛如潮水，一波波湧上來，彷彿要把他淹沒。

「啊啊……」

他張嘴呼吸，唾液來不及吞下去，沿著嘴角流下。身體變得更沒有力氣，腳指因為快感而忍不住蜷縮起來。他皺著眉，跪在草地上，上半身也趴伏下來。逃跑時用來遮掩身體的毛巾在這時候派上用場，鋪在地上，正好讓他的臉不會貼到刮人的草葉。

淫水一直湧出，人的身體怎麼能分泌出這麼多液體，他實在搞不清楚。他的手掌都溼了，後穴也因為被抽插而不斷縮緊，卻一直沒有被滿足的感覺。

「哈啊……啊……」

白流星整個人像化做一灘水，趴在地上起不來了。他自我安慰地想，如果先射一次，那他就可以從情欲的桎梏中緩和過來，就能繼續逃跑了，所以……

「唔唔……！」

三根手指已經全塞進去了，但裡面還是覺得不夠。沒有一根粗粗硬硬的肉棒直接捅到肚子裡，Ω的身體是不會滿足的，而他偏偏就擁有Ω的身體，他恨這樣的身體！

「快點……快點……」

他一手抽插自己的後穴，一手握住自己的陰莖，Ω發情的時候如果沒有玩弄後面，是射不出來的。他加快手速，想要快點爬上顛峰，再快點讓熱潮熄滅，然後就可以逃跑了，他不能在這裡停下來。

——可是好舒服！

白流星咬著牙，雙手的動作越發規律與熟悉。他閉上眼睛，整個人徜徉在快感中，沒有注意到後方有個陰影靠近。

「原來你在這裡啊。」

低沉的男性嗓音打入白流星耳中，他頓時嚇得全身不敢動。

——那個惡魔來了！

白流星體內還有著壓不下去的熱潮，但他的腦袋卻變得清醒。正想把手指抽出來的時候，手腕卻被抓住了。

「你玩得這麼開心，怎麼不叫上我呢？」

白流星猛然回頭，看到黑暗中浮現出一團綠色火焰，火焰映照出惡魔的面容，那是一個高大、俊美的黑髮男人。

男人穿著深藍色的斗蓬，眼眸如閃爍著寒光的藍寶石。他的黑髮綁成精緻的髮辮，上面配戴著銀燦燦的頭飾。那富有古典奇幻風格的飾品，近看像瀑布淌洩在他漆黑的髮絲上，但如今受到綠色火焰的照射，竟像魔鬼的犄角，點燃通往地獄的烈焰。

男人身上混雜了懾人心魂的美和危險的訊號，當他俯下身，幾乎要與白流星的背貼在一起的時候，白流星絕望地緊閉雙眼，頭轉向一邊。

「早知道你喜歡在野外，我就天天把你帶過來了。但是你離開了我的小屋，外面很危險……」男人一邊低語，兩根手指一邊擠進白流星的後穴，跟裡面已經放入的三根手指貼在一起，「外面有什麼怪物呢……我想想看……」

「不要……」白流星雙眼泛淚，那眼淚像是被擠出來的。

後穴被擠進的手指撐開，男人的動作突如其來、卻又理所當然。

「上次我經過的時候，好像看到變異的惡狼。如果你的氣味被牠們聞到了，牠們迫不及待想要騎在你身上，怎麼辦？」

男人的手指在白流星的後穴裡抽插，發出羞恥的嘖嘖水聲，即使白流星自己的手不動，那裡還是有逐漸被擴張的感覺。

「讓我……讓我……把手拿出來……」白流星忍著心中翻騰，向對方低頭乞求，但對方像沒聽到似的，繼續講著森林裡的動物。

「在我的記憶裡，狼是一種很忠誠的動物，牠們不會離開自己的伴侶，但變異的狼我就不知道了。牠們會不會騎了你、又吃掉你？畢竟，最近森林裡發生了太多異於往常的事情，我很擔心……」

「拿出來！拿出來！」

「所以你絕對不可以離開小屋，我告訴過你很多次了，外面很危險……」

「不要再玩弄我了！」

「我怎麼會玩弄你呢？」男人抽出自己的手指，白流星也抓到空隙，將自己的手退出來。突然沒有東西塞住那裡，後穴反倒有一股空虛感，那頓時讓白流星如墜冰窟，他急欲尋找熱源。

「啊啊！」

但是不行，現在正是逃走的時機。

白流星以雙臂匍匐前進，可惜不一會兒，他的腰就被男人抓住。一個火熱的東西插進他的體內，他仰起頭來發出呻吟，就像交配的狼弓起了背脊。

「啊……啊……啊……」

他雙手抓著底下鋪墊的毛巾，方才被樹枝劃到的傷口被他擠出了幾道血痕。他的腰和下半身被男人抱起，變成以趴跪在地上的姿勢，從背後承接對方給予的熱源。

「我沒有玩弄你，」男人再度重申，「我就像一個園丁，在播下種子之前翻攪泥土，讓它成為營養充足的苗圃。」

「啊啊……啊……」

白流星的額頭抵在毛巾上，不甘的眼淚從眼角滑落，很快就被毛巾吸收。

男人的陰莖在他後穴裡恣意抽插，可裡面太過溼滑，剛開始幾次都像是要滑出去，原以為這樣的折磨就要結束了，但男人總是可以抓住他的腰，再次深深地埋進去。

「不要……輕點……不……」

白流星可以察覺到自己的身體在慢慢改變。身體在迎合這個男人，腰部跟著擺動，後穴在對α的肉棒感激涕零，它興奮地收緊，那已經不是白流星能控制的了，那是身體的本能反應。

「快點……結束……啊啊……你就快點做快點結束！」白流星幾乎是哭喊地道。
「我知道。」男人冷冷回答。
但男人並沒有加快抽動的頻率，他依然故我地像是在享受。
白流星覺得男人的陽具是發送熱源的地方，男人卻覺得是Ω的身體火燙。Ω不由自主地就把他夾緊了，像要把他的精液全都搾乾，他也樂地在裡面播種，但他有點捨不得射精後就必須分離的感覺。
「快一點！你這樣叫快嗎？我從來沒見過像你這樣的α！」白流星故意叫囂著，心裡就是不想讓這男人痛快。
插在Ω的身體裡面，不管哪一個α遲早都要繳械。男人的本意也只是想灌入種子，在這之前如果產生了任何的快感、歡愉，就好像獲得了一種「附加價值」——沒有也不會怎樣，但有了就是錦上添花，這讓白流星覺得很不甘心。
身體想要獲得歡愉，這是本能的欲望，不過他的思想可以決定要不要跟這個人痛快，他不想在腦袋裡放過這個男人，他是惡魔。
「說得你好像跟很多α做過一樣？」
「我……」白流星不知道，他認識哪些α、他的生命中有哪位重要的α嗎，他都不記得了……

「如果有很多男人操過你這裡，我好像、有點介意。」

「……」他會怎麼對我？白流星突然有點後悔了。

男人的性器緩緩抽出，正當白流星感到疑惑的時候，男人抓著他的肩膀，逼他轉過身來。白流星被迫看到男人的臉，他面無表情，唯有眼神閃過一絲冷冽。

「……」

奇怪的是，男人只是看著白流星，像斷電的機器人那樣，動作忽然停頓。他雙眼圓睜，讀不出情緒的面容讓白流星感到一陣不安，但白流星也意識到這是個逃走的好機會。

白流星轉身想站起來，卻馬上被男人抓住手腕，加上腿和腰都一陣酥軟，他跌坐回草地上。心裡更感到不安……

「你要去哪裡？」男人冷冷的聲音傳來。

方才男人沒有外顯出任何情緒，如今卻籠罩著冷冽的低氣壓。他抓著白流星的手腕，將人壓制在地上，白流星臉頰接觸到的地方雖然鋪著毛巾，但突然被壓在地上、手腕也呈現反折的狀態，還是讓他感到一陣劇痛。

「你想做什麼……放開我！」

即使看不到男人想做什麼，可他心知肚明，男人會做的事情也只有那一件了。

男人的陽具靠在他的股間，靠淫水的潤滑慢慢插進去。

突然又被插進來的感覺沒有方才那般強烈，白流星卻還是皺著眉，他跪在地上，膝蓋被壓紅了。裡面有肉棒來回摩擦，從龜頭到莖柱都在刺激敏感的神經，讓那些神經收縮，慢慢把這股熱源絞緊。

「唔唔……唔！」

插入的過程其實變得比方才順暢，畢竟那裡的入口再怎麼窄小，都已經被手指和陽具同時擴張過了。男人抽插的速度慢慢加快。

「你很想要。」男人趴下來，靠在白流星耳邊低語道，「不管你再怎麼否認，你的樣子就像一個Ω在渴求α來狠狠插他。」

「那只是身體的反應，不是我……心裡的……」

「心裡的感覺重要嗎？插久了，你不就會變成我的了嗎？」

「啊啊！」

男人故意一口氣全部插進去，用力捅到最深的地方。白流星的身體在顫抖，不只是歡愉，還害怕自己肚子裡會變成對方的形狀。

……已經、是了吧？

生殖腔內被脹滿，肉棒在裡面尋找著床的地方，快感從兩人交合的地方擴展到四肢百骸，那股熱源好像要把腦袋也融化了。

白流星隱忍著、顫抖著，脖子、肩膀、臉頰上的都是薄汗與紅暈。他勉強維持著一絲理智，然而他心裡其實好想迎合對方，想要扭腰、想要尖叫！但取而代之的，他抓緊鋪墊的毛巾，在閉眼的時候悄悄嘆息。

嗷嗚——

忽然，遠方傳來一聲狼嚎，男人的眉頭微不可見地蹙了一下，下半身的動作也驟然停下。

「沒想到牠們真的會靠近，這裡是我的領地……」男人自言自語。

「……」白流星心裡一陣緊張，他原以為男人講的不過是用來嚇唬他的怪談，沒想到森林裡真的有狼？還是變異的？

「有點奇怪……我明天該去看看了……」男人一邊思考，腰還是往前頂了幾下。

「唔唔！」白流星忍著聲音，後穴不禁絞緊。

「我很想跟你在這裡待久一點，可即使是我，也不想挑戰大自然的法則。」男人緩緩退出，但又突然用力插進去。

快感一瞬間湧上，白流星忍不住叫出聲，又想起這裡是野外，可能真的會引來不好的東西，於是呻吟便化為淚滴，在臉上留下道道水痕。

即便聽到狼嚎，男人也沒有軟下去，他昂揚的性器甚至比之前還要勇猛，白流星可以感覺裡面的東西在變大。男人抽插的頻率變快，伴隨肉體碰撞的啪啪聲，陽具膨脹到青筋可見，淫水也因為被反覆抽插而變得濃稠。白流星可以聽見淫穢的聲音，那是後穴被翻攪後卻仍然很開心的聲音，內心的羞恥讓他很想就此消失。

「快點……」快點結束……

他閉上眼睛，感受自己快要到達臨界點，快要忍不下去了。

「我要射了，讓我高潮……讓我高潮……你快點結束！」

「嗯，就來了。」男人的語氣很平淡，甚至讓白流星覺得有一種距離感，但白流星沒有餘力想太多。

不一會兒，男人的精液射入他體內，他也射了出來。

他的精液噴濺在草地上，顏色很淡、質量不多，一、兩條銀絲罷了，就像那些滴下來的淫水，很快就被草地吸收。但男人射在他體內的濃精卻滿得從後穴泌出，好像他的身體再也吸收不了。

——會不會懷孕？如果懷上了，該怎麼辦呢？

白流星略帶不安，疲倦感卻馬上襲來。他癱軟在地，男人也抽出自己的陽具。

白流星之前還心想，射過一次、平息了Ω本能的欲望後就可以逃跑，可是現在反而更逃不了了……太累了。

白流星趴著不動，射過的陰莖沒那麼腫脹了。發情的感覺消失，後穴也不需要再有什麼東西去填滿，但那個地方變得更溼了。兩個人的體液沾溼了白流星的下半身，身上徹底被覆蓋著雄性α的氣味，白流星的腦袋不願意這樣想，但心裡卻有一種莫名的滿足感。

他躺著不動，一來是很累，二來是想看男人會有什麼反應。要把他丟在森林裡餵野獸嗎？還是準備了什麼酷刑呢？他動不了，也懶得去想什麼逃跑的辦法了。

他聽到衣物摩擦的悉窣聲。男人把披風脫下來，蓋在白流星身上，「我們回去吧。」男人用披風把白流星的身體裹起來，把他當公主一樣抱起，並從背後張開兩片巨大羽翼。白流星不禁睜大眼睛，看著那宛如黑雲、能遮住天上一切光亮的羽翼，好像也遮住了他的某種希望。

男人在起飛之前，低頭看了白流星一眼，似乎想要確認對方現在的狀況。但白流星用披風領口把自己的臉遮住，不願與男人對視。男人拍了拍翅膀，迎風翱翔。

男人降落在小木屋門前，他收起翅膀，大步走進室內，將白流星放到床上。

床單上殘留著梔子花的香氣，但是濃度沒有高到會誘發Ω發情。白流星知道那是男人信息素的味道，他覺得這個味道好像在哪裡聞過，卻想不起來。男人的披風上也有這個味道，也是淡淡的，方才他抓著披風領口來遮住自己臉的時候，就聞到了。

這種濃度很淡的信息素讓Ω聞了很舒服，就像是高潮之後，兩人抱在一起耳鬢廝磨。高潮後的安慰也是很重要的，那是一種心理上的滿足，但白流星不想讓男人真的抱著自己，所以床單上的味道剛剛好。

白流星躺在床上，仍不願與男人對視，這是他能做到的最大抵抗了。

男人去打了一盆清水過來，從櫥櫃裡拿出幾個小瓶子，倒了一點藥劑在水裡。他用一條乾淨的棉布在水裡攪一攪，再把布擰乾、折疊好，接著坐到床邊，指尖沾在了白流星的小腿上。

「你幹什麼！」白流星連忙把腳縮回來，氣急敗壞地瞪著男人，男人卻趁機抓住他的腳踝，「唔……」

溼布接觸到溫熱的皮膚，瞬間的冰涼帶來的是雞皮疙瘩般的戰慄。男人的手指修長，骨架寬大，他拿著溼布沾在白流星腳上，碰到腳底的細小傷口時，白流星吃痛地倒抽一口氣。

男人瞥了白流星一眼，「還好嗎？」

他的語氣還是那樣不鹹不淡，眉宇間也沒有太多的情緒，但他會在這時候詢問，代表他對白流星依然保有幾分關心。

「……」縱使白流星並不領情。

白流星現在一絲不掛，Ω的身體不太會有體毛，他光溜溜的雙腿即使沾到了泥土，還是唯美得像一座大理石雕像，但都沒有一條遮蔽物，讓他心裡有些芥蒂。他不禁把腳合起來，並抓著被單來遮住下體。男人冷冷看著他的舉動，並不阻止。

男人一手拿溼布擦拭，從白流星的腳底擦到腳踝、小腿，彷彿正沿著雕像的曲線，一點一滴地窺視上去。

「你幹嘛要……做這種事……」白流星囁囁地問。

「什麼事？」

男人的另一隻手變出白色光球，靠近白流星的腳，白流星只覺得有點熱熱的，好像有個暖爐燈照在他身上，他腳上的傷口就慢慢癒合了。

「你幹嘛要幫我治療……你不生氣嗎？」

「因為你逃跑了，所以我就要生氣嗎？」

「……」

白流星突然不知道要怎麼講下去了。他趁著洗澡的時候逃跑，就是為了要逃離這個男人。男人也如他預料地來抓他了，但是抓到了之後……煎、煮、烤、炸，怎麼沒有輪番上陣呢？搞得他好像一隻不小心溜出家門的小狗，找不到回家的路，把自己弄得一身傷，主人非但沒有斥責他，還替他療傷……這樣的感覺怪怪的。

「你又跑不出去。」

原來這才是男人不生氣的原因！

白流星撐著上半身坐起來，男人有恃無恐的樣子讓他莫名生氣，這口氣憋著很難受，不吐不快。

「對！我就是被困在你這像迷宮的森林裡，不知道多少天了！這裡到底是什麼地方，你也說不清楚！我莫名其妙出現在這裡，被怪人追、被你抓走……」白流星講到一半忽然停住，他抿了抿唇，腦海裡浮現出兩人第一次見面的情景，好像……不全然是被逼迫的。

而且他講了這麼多，男人都沒有動怒，反而好整以暇地在擰溼布。白流星不禁有點不安，那是暴風雨前的寧靜，還是他誤會這個男人了？

可能是誤會，但他更想把它當成山雨欲來的前兆，這樣他才能把對方當成壞人，而自己是被欺凌的一方。

「讓我出去吧。」

「……」男人把洗乾淨的溼布重新沾在白流星腳上。

「你把我困在這裡，只有你能飛出去，而我哪裡都不能去，每天晚上還要被你……那樣……你不覺得很不公平嗎？」

「外面不安全。」男人淡淡地道。

房間天花板上的吊燈是溫暖的橘黃色，可能是用蠟燭點的、可能是魔法變的，白流星不知道，男人把他抱進來的時候就亮了，牆壁上沒有開關、也不是聲控的。

溫暖的光線落在男人的髮絲上，一掃黑暗中的陰霾。他頭上的裝飾反射出晶瑩的光澤，一點都不讓人覺得可怕。

……怎麼會這樣？是因為男人的口氣出乎意料地溫柔嗎？

明明是個惡魔……

如果要折磨他，大可以用力壓住他的傷口，動作粗魯一點，就像菁英α天生會有的蠻力。但男人卻是拿溼布一點一點地沾，輕輕挑掉泥土草屑，再施以治療傷口的魔法。被清理乾淨的傷口發炎反應正在減緩，慢慢就不痛了，癒合之後也不會留疤。

「怎麼了？為什麼要這樣看著我？」

「……」好像、有誰說過同樣的話。

白流星腦海裡忽然閃過畫面，自己坐在車子的副駕駛座上，開車的是個男人，聲音跟「惡魔」很像，他也說著：『怎麼了？為什麼要這樣看著我？』

車子遇到紅燈而停下來，往來十字路口的行人眾多，四周都是高樓大廈，廣告的電視牆閃爍。白流星想起自己當時懷抱著一顆雀躍的心，因為可以跟這個人出去兜風很開心，那自己當時說了什麼呢？

——『沒什麼，就是想看。』

想看著一個令他怦然心動的對象，光是看著對方的臉就很滿足。

但是，男人的臉竟是一團雲霧。

白流星發現自己想不起那個人的長相了。

車裡的氣氛很融洽，「當時的自己」卻離現在的自己很遙遠。那是一個截然不同的世界，然而他可以肯定，那才是自己的世界。

「你給我一種很奇怪的感覺……好像、我們不是第一次見面吧？但我們怎麼不會是第一次見呢？我以前又沒有見過你，沒有見過跟你長得一模一樣的人……」

「雖然聽不懂你在說什麼，你恢復精神就好。」男人難得唇角一勾，那是一個若有似無的笑。

可能因為他長得很好看，是自己看得順眼的類型，所以白流星仍會在這種緊要關頭感到心動。

又或者，只是吊橋效應而已。因為自己被惡魔抓住了、不知道他等一下會做什麼，一時緊張，所以……心跳會變快。

氣氛陡然變了。

男人的手本來是放在白流星的腳踝上的，此時他卻沿著他的小腿，慢慢摸到膝蓋。

白流星順著男人手的方向看，看到那隻手在自己的腿上，看到男人的臉慢慢靠近他，但笑容不見了，好像在審視著他。

白流星盯著男人冷漠的雙眼，他沒有做錯什麼，也沒有被那該死的欲望掌控，他可以用一顆清醒的頭腦來戰勝這個男人——他認為。

「你很喜歡嗎？」白流星的口氣裡有著不遑多讓的冰冷。

「你是說把你抓回來、還是照顧你？」

「我是說這具身體！」

「你覺得這是喜歡嗎？」男人的手放在白流星的膝蓋上，故意按壓。

皮下微血管有點破了，出現瘀青，男人的手勁不算大，但白流星還是能感覺到些微的疼痛。瘀青是他之前跪在草地上造成的，而他會跪在草地上，是因為這個男人從後面上他……

一想到男人的陽具曾經在自己的後穴進進出出，一想到那不過是幾分鐘之前的事，自己的身體裡還有對方的精液、還沒掏出來，異樣的快感就從小腹湧上。而意識到自己體內又快要湧起那瘋狂的感覺，白流星就想把自己的腳從男人手裡抽出來。

男人抓住白流星的腳踝。他發動魔法光球，治好了白流星膝蓋上的瘀青，他一直留意著白流星細微的情緒轉變，即使對方的腳只是抖動一下，他也馬上就察覺到了。

「怎麼了？」男人詢問時，嘴角噙著一絲絲的笑意，「又想跑了嗎？」

「你幹嘛要做這種多餘的事？」

「讓你不痛是多餘的事嗎？」男人氣定神閒，拇指在白流星的腳上磨蹭著，「還是，你比較喜歡痛的感覺？」

「我沒有！」白流星想要抽回腳，但被男人用力抓住。

「我不是來傷害你的，你也不用傷害你自己。」

「你對我做那些事……還……還叫……不是傷害我？」

「哪些事？」男人在那白皙的皮膚上留下紅紅的指印，「我不是救了你嗎？你也承認是我救了你吧？」

「你是惡魔……」

「是的，我是。」

「你怎麼知曉人類的心？」

「惡魔的稱呼是你們人類賦予我的。我說過，如果你想要，你可以直呼我的名字。」

「叫你的名字？不會要我簽什麼契約吧？」

「我從來就不需要那種東西。」男人雙手摸著白流星的腳踝，像是要把他自己壓出來的紅印搓掉，「如果真有那種東西，我也不打算遵守。規則是弱者的支柱，他們總是拒絕承認，那其實很容易被打破。」

「遵守規則跟需不需要沒有關係，你沒有……良知什麼的嗎？」

「你不是都叫我『惡魔』了嗎？」男人嘴角一勾，按壓白流星的腳底。

白流星想把腳縮回來，但男人卻突然拉扯他的腳。白流星的身體往下滑，躺在床上，一條腿被高高舉起，小腿正貼著男人的臉頰。

「住手！梅菲斯！」白流星慌了。

這個男人是惡魔，不是人類能理解的生物，他還會用魔法，這裡簡直就是奇幻異世界，不能用正常人的腦袋來理解。但這些都不妨礙這男人有一張精緻的臉龐，美得令人難以轉移視線——縱使你知道他是惡魔。

「我不想做！梅菲斯！」

「做？我對你做了什麼嗎？」梅菲斯明知故問，他乾燥的嘴唇摩擦過白流星的肌膚，尤其著重在小腿內側，那裡平常是不會給別人碰觸的，遑論用嘴。

「我很累了……」

「我就問你，我做了什麼嗎？」

「唔……」

白流星體內有一股戰慄在悄悄上升，那不是恐懼，而是一種隱隱約約的期待，但在期待之餘又充滿了罪惡感。

他聞到了信息素的味道，有點分不清是對方、還是自己先散發出來的。

這個叫梅菲斯的惡魔，他的行為就是一種挑逗，不然沒有人會摸摸腳、親親它，然後又說沒這回事。可是這種「預期」會有什麼事發生的感受，才讓白流星覺得要命！

「我……我並不想……」白流星在為自己的態度找理由，他自己也知道，「是你……你不要一直用信息素控制我……你明明知道……」

「知道什麼？」

「知道我……」花香變濃郁了，白流星甚至出現幻覺。氣味好像實體化了，變得像小妖精飛來飛去的殘影，在空氣中留下點點星光，「知道我……禁不起誘惑……啊！」

梅菲斯把蓋在白流星腰腿上的被單掀開，白流星被迫看到自己的陰莖半勃起，前端還流出晶瑩的分泌物。

「我有做什麼嗎？」梅菲斯的口吻仍像個局外人，重複著同樣的問題，好像他不是坐在棋盤前下棋的人，卻掌握了一切，「流星，我對你做了什麼嗎？」

「你的信息素！我聞到它就會發情！你故意對我釋放信息素！」

「我只是想幫你擦乾淨。」梅菲斯拿起一旁的溼布，故意擦在白流星的大腿內側。那裡沒有傷痕，倒是黏著淫水和精液乾掉後留下的白色汙痕。

「……」白流星怔怔地看著溼布經過的地方。痕跡被擦掉了，但酥酥癢癢的感覺卻徘徊不去，一旦梅菲斯的手離開，他就感到空虛。

另一隻腳上也有細小的傷口，梅菲斯一樣用魔法治好了。

接著，他對白流星伸出手。

「你……你做什麼？」白流星不明白對方的舉動。

「還有會痛的地方嗎？」

「……」

白流星下意識看向自己勃起的陰莖，腫脹發疼，卻沒有半隻手要去觸碰，他自己也不願先伸手……

「我很累了，我想睡覺，讓我一個人！」白流星說這句話的時候，眼神故意偏向一邊，不願正視梅菲斯。

梅菲斯的面部肌肉不為所動，卻換上了一雙冷漠的眼神，審視著白流星的下體，「好像有一點流出來了。」

白流星心裡一驚，羞紅了臉，他掙扎著要抽回腿，但梅菲斯的手依然固執地不放。

梅菲斯雙手並用，將白流星的雙腿分開，蜜穴的景色便呈現在他面前。白流星急忙以雙手遮住，同時轉頭迴避梅菲斯的目光。

梅菲斯皺了一下眉，語氣仍是淡淡地：「得找個東西塞住才行，要讓精液在裡面停留久一點，你才會懷上孩子啊。」

「……」

白流星已經不是第一次聽到梅菲斯說這種話了，但這種話不可能聽久了就會習慣。

「拜託你放手……求你了……」

雙腿在男人面前大開，雙手卻故作貞潔地遮住自己的性器，前面後面都是。這種姿勢增添了羞恥的感覺，白流星只想快點結束這一切。

「我真的很累了……」他說著說著，眼眶泛淚，這幾天的委屈一鼓作氣湧上。

「就一個晚上，讓我好好睡覺不行嗎？剛剛已經做過了啊……」

「我不是不讓你睡，而是……」梅菲斯握住白流星的陰莖，Ω的陰莖天生比較短小，他一手就能握住。他輕輕撫摸那敏感的地方，白流星的腳指立刻彎曲，全身緊繃弓起。「你這樣怎麼睡呢？」

「唔唔！」白流星緊閉雙眼……但意識到梅菲斯沒有進一步的舉動，陰莖也只是握著而已，他就慢慢地張開眼睛。

梅菲斯這才俯下身來，親吻白流星的大腿內側。那裡也是敏感的地方，白流星很想把腿夾緊，最好把這男人夾死算了。梅菲斯用自己的身體擋在中間，一隻手還壓著白流星的膝關節，讓白流星沒有亂動的餘地。

「這裡……又流出來了……」梅菲斯貼著白流星的大腿根部說話，熱氣拂在白皙的肌膚上，「是不是……要用個什麼東西堵住？」

他的手指在穴口畫圈，讓指尖慢慢陷入軟肉裡。他的指頭彎曲，慢慢伸進去，摩擦著內壁。

「嗯……唔……」白流星咬緊牙關，不願輕易洩出隻字片語。梅菲斯的手指伸進去是堵住了穴口，但異物在體內的感覺卻讓白流星全身泛起一股戰慄。

他擰著眉，紅暈慢慢爬上他的臉頰和肩膀，能感覺到梅菲斯不只是塞住而已，還故意在裡面來回轉動。只是輕輕地動幾下而已，白流星前面的性器就膨脹出水，前端分泌出晶瑩稠液。

梅菲斯舔了舔那上端的液體，再把整根陰莖含進嘴裡。他來回吞吐著，並用悠閒的神色不時打量著白流星的反應。

被施予強烈的刺激，讓白流星忍不住揪緊底下的床單，快感全部集中到同一點，卻沒有獲得釋放，只會變成一種折磨。他的腳底磨蹭著床鋪，還好剛才有被療傷，他的腳指蜷縮起來，好像都快要抽筋了。

他不想動身體，不想要扭腰擺頭，不願讓自己顯得很焦急難耐的樣子。那個樣子的Ω太淫蕩了，α喜歡那個樣子的Ω，社會上很多人也以為Ω天生就是那個樣子，因此，有很多人會說——

刻在基因裡的淫蕩！

Ω不需要有什麼成就，找一個α嫁掉就好！

信息素犯罪，Ω也有責任！

——不對，好像有哪裡不對……

白流星被口交的時候，雖然想著這種容易熄火的事，但他的性器並未因此軟下去。他反倒覺得自己的靈魂好像與身體分開了，他的身體被梅菲斯玩弄著，他可以被玩弄，反正他也找不到方式反抗，然而他的靈魂必須要能自由地思考。

——為什麼我會想起這些問題，那些字詞好像在哪裡聽過……

「流星……」梅菲斯把白流星的性器從嘴裡吐出，他爬到白流星身上，薄唇貼近白流星耳邊，「讓我插進去好不好？」

低啞的聲音對白流星來說是另一種折磨，將他喚回了男人面前。

「不！」

「我用我的肉棒幫你堵住……還可以順便補一點精液進去……」

「不……我不要！」

「為什麼？」梅菲斯反問的時候一臉天真，沒有生氣的表情，然而他的信息素香氣冒出來了，白流星可以聞到……

梔子花的味道。

但是為什麼想不起自己曾經在哪裡聞過？

每一個α的信息素味道都不大相同，梅菲斯的味道怎麼可能跟他認識的人相似？不，說到底，那個「認識的人」是誰？他真的有聞過類似的香氣嗎？真的有另外一個α，他的信息素聞起來也像梔子花？

「流星，接受我的種子，為我生下孩子……」梅菲斯還貼在白流星耳邊呢喃，白流星卻能感覺到男人的龜頭正抵著他的穴口，緩慢地推進。

「不要！」白流星雙手抵在梅菲斯胸前，男人壯碩的胸肌此時引不起他的興趣，但他也沒有很用力。他知道自己沒有用盡全力抵抗。「不要……」

——我怎麼這麼沒用？

——啊……一定是信息素的關係……

「不要進來！」

男人的陽具沒有全部推入，但差不多推進到一半了，白流星這麼覺得。

那個東西一放進來就會對他恣意掠奪，將他的理智破壞掉，那個東西不尊重他的意願，他沒有辦法阻止自己被侵犯，卻還必須沉淪在悖德的歡愉中。

「不要進來……出去……求求你——啊啊！」

全部推進去了。

——很舒服……！

白流星想把自己的腿鉤上去，這樣才能引誘α更賣力挺進。他不知道自己為什麼知道「這麼做有效」，但沒有一個α會不喜歡Ω主動。不過他沒有真的這麼做，他的手仍抵在梅菲斯胸前，把流到嘴角的眼淚連同唾液一同吞下。

「出去啦……不要……」

「為什麼？」梅菲斯用低啞的聲音問，聽起來好茫然。

「我又不認識你！」

「你怎麼會不認識我？」梅菲斯雙手捧起白流星的臉頰。

白流星被迫看著梅菲斯的雙眼，他忽然覺得不理解，因為梅菲斯眼神變得深情，一雙藍眸像洶湧的海水。

他聽過一個傳說，但他忘了是誰告訴他的。

傳說，海上之所以會有風浪，源自於海妖女神和心愛之人分離的痛苦。求不得的眼淚宛如暴雨不斷落下，海妖女神看不慣水手回到家鄉、與愛人共度良宵，所以才要把船傾覆，讓他們落難。

梅菲斯眼裡也有這樣的情緒。

他得不到眼前這個人。

即使他可以用α的信息素強行壓制Ω，但當他聽到白流星說「我又不認識你」的時候，他的信息素香氣幾乎消失。

「你怎麼可以不認得我？」

「我……」白流星不覺得這是他的錯，梅菲斯卻表現得這好像是他的錯，「我什麼都不知道……是你把我抓到這裡，每天晚上都對我……」

「我救了你！」梅菲斯的語氣變得冷漠，他糾正道，「在森林裡，是我救了你！」

——為什麼他要這樣？

被一個人所救又不等於要認識這個人，但男人表達出的強烈情緒深深刻在白流星心裡，那一直以來都存在的違和感如逐漸上升的海平面，淹沒了理智的船隻。

「你怎麼會忘了我？」

「你說什麼……」白流星嘴唇顫抖，但他用力一閉眼，把洶湧的海浪硬壓下去。

當他重新張開眼睛，眼前又是冷漠的梅菲斯了。

「你要幫我生下孩子，我才會放你走。」

「啊啊……！」

男人的語氣冰冷，反之他的性器又燙又硬，插進來之後又有一種奇妙的柔軟感，那畢竟是人的器官，有人的血肉組織。

梅菲斯動了幾下，裡面的溼滑感讓他插得很順暢。他雙手抓著白流星的雙腿，一下一下地挺進又抽出，但每次都沒有完全抽離。

兩人交合的地方傳來濃稠的水聲，快感逐漸攀升。白流星的頭轉向一邊，自己正大張著腿被上著，他不禁想發出嘆息、催促對方動快一點，把裡面敏感的點都捅過一遍……這些想法他都不想面對。

……因為他很厭惡。

但是，又沒有力氣把對方推開。

是沒有力氣？還是沒有意願？

隨著下體的碰撞越來越強烈，啪啪聲夾雜著水聲，他漸漸搞不清楚了……

他覺得梅菲斯好像變成了另一個他不認識的男人——這說詞十分古怪，他不是本來就不認識梅菲斯嗎？但白流星來不及細想，梅菲斯的香氣漸漸傳開，白流星的意識也在香氣中慢慢模糊……

梅菲斯一手搓揉著白流星的性器，下半身規律抽插，天花板的溫暖橘光打在他身上，讓他背上的薄汗彷彿圍繞著一圈光暈。汗水從梅菲斯的額頭上滴下來，白流星瞇著眼睛，卻看不清楚梅菲斯的臉。

梅菲斯的臉變成一團雲霧，只有光越來越強。

「快……快點……」白流星呢喃著。

「我這就來。」

「快……哈啊……啊……」

梅菲斯動了十幾來下，射在白流星體內，他射的時候刻意將自己的身體往下壓，遮住白流星眼前的光。梅菲斯的胸膛壓在白流星身上，白流星在他的搓弄下射精。

白流星一射完，眼睛就立刻闔上，昏睡過去。梅菲斯維持同樣的姿勢，沒有急著將陽具抽出。他抱著他，輕輕親吻他的嘴唇。

白流星緊閉雙眼和雙唇，像一具沒有反應的人偶，但梅菲斯並不在意，又親了親他的臉頰、親在眼皮上，親了第二下、第三下……
然後才抱著白流星，讓他靠在自己懷裡沉沉睡去。

第二章

「你回來了……我知道你很累了，但是……我們可以聊一下嗎？」

「你要說什麼？」

「就是，最近我想了很多……我一個人在家的時間很長，所以……我想找點事做，其實我希望……但這件事我一個人做不了……」

「你到底要說什麼？我沒有時間跟你搞這些！」

「我知道你很忙很累，你回到家都十一點多了，明天七點又要出門。但是，我們好久沒講到話了……」

「我不是有回你訊息嗎？」

「我是說見到你本人！我們就不能坐下來、面對面好好談一談嗎？」

「你到底想要做什麼？我工作這麼辛苦、這麼累，你到底有什麼資格叫住我、耽誤我，叫我把最寶貴的時間浪費在你身上？」

「我沒有……」

「我要去洗澡睡覺了。」

「……」

男人洗完澡從浴室出來，吹乾頭髮後，就側躺在床上，試圖把另一個人的聲音趕出腦海。他試著讓自己睡著，必須要讓自己睡著，明天才有精神應付一整天的挑戰。

⁂

梅菲斯看著床上的白流星，睡到流口水。

「……」他佩服對方這樣的心理素質。

梅菲斯輕輕坐在床邊，想把被白流星抱著的東西抽出來，但白流星皺了下眉，幽幽轉醒。

「抱歉，吵醒你了。」

「……」白流星迷迷糊糊的，還搞不清楚發生了什麼事。鼻尖有股好聞的信息素味道，讓他睡得很安穩……他不想要那個味道消失……

「我差不多該走了。」梅菲斯望著白流星的眼神，淡漠卻藏著寵溺。

「走去哪裡……」

白流星這才意識到自己抱著人家的披風，不知道從什麼時候開始，披風取代了棉被，被他抱著、蓋著，他整個人縮在裡面，像縮在溫暖的巢穴裡。

「啊！」白流星瞬間驚醒，要把披風還給人家，但身體一有動作，就明顯感覺到後穴的異物感，讓他漲紅了臉，「那裡……你在我裡面放了什麼？」

「讓精液在裡面留久一點，才好懷孕。」梅菲斯一邊說著，一邊緩慢地拔出肛塞。

「唔嗯……」白流星忍著不適，結束了這短短幾秒鐘的恥辱。

梅菲斯把肛塞收在一個木盒子裡，好像那是什麼神聖的東西。他離開房間，且很快就回來了，手上還抱著一束麥穗。

「好了，下來吧。」梅菲斯把麥穗放在地上，也就是白流星下床的地方，冷淡的臉龐鑲著一雙期待的眼。

「……一定要這樣嗎？」白流星坐在床邊，一絲不掛，因為睡覺的時候就沒穿衣服了，男人並不會在他睡著後幫他穿上。他雙手遮住自己的下體，不想看見擋住他下床路線的麥穗，彷彿那是什麼荊棘之路。

「我想去清洗……」白流星低著頭道。

「那也要下來。」

白流星猶豫再三，還是下了床，雙腳踏到地板上，他遮住下體的雙手沒有放開。他沒有直視梅菲斯，但能感覺到梅菲斯正用審視的目光盯著他……等著他。

「你至少……轉過去……」

「我要看著。」梅菲斯雙手扠腰，雖然他的口氣總是冷冷淡淡的，但他沒有催促，表現出很有耐心的樣子，這才讓白流星覺得討厭。

「這有什麼意義嗎？」

「快點。」

「有人看著我沒辦法……」

「需要我幫你嗎？」

「……」白流星雙頰緋紅，大概能猜想到「幫」是什麼意思。

如果要梅菲斯幫他，就等於是要梅菲斯握著他勃起的陰莖，上下擼動後射出擋在裡面的精液，才能釋放出另一種液體。這只是成年男性起床後的正常生理反應，他不想感受梅菲斯過多的觸碰。

「你要一直在那邊看著嗎？」

「對。」梅菲斯大言不慚地回答，他的站姿變成了雙手抱胸，「你要蹲著或站著都可以。」

白流星看著地上的麥穗，和梅菲斯站在這裡僵持不下，吃虧的是他。

他咬了咬牙，擼動自己，最後忍著厭惡和羞恥的感覺，在梅菲斯的注視下射出一小截精液和起床後的第一泡尿，灑在麥穗上。

聽著尿液滴到麥穗上的聲音、聞到隱隱冒出的熱臊味，白流星只希望能有誰來殺死這個惡魔。這近乎儀式的行為上演過好多次，每天晚上做完後，隔天早上梅菲斯都會抱來一束麥穗，並提出這詭異的要求。

「我可以去洗澡了嗎？」

「嗯。」梅菲斯搬走麥束，走出房間，白流星暫時鬆了一口氣。

白流星瞥見床上的披風，心裡莫名有些沮喪。

他不知道自己為什麼會有這樣的情緒，但這股情緒很快就消失了。他走出房間，在走廊上左顧右盼，不見梅菲斯的身影，他馬上溜進一扇門內。門後面就是露天浴池，如果不計較這裡是異世界，而且屋內有一個做愛狂魔，這裡其實就跟森林系民宿一樣豪華！

灰色石頭做的浴缸可以容納兩個人，把腳伸直還綽綽有餘，裡面已經備好了熱水。水的顏色是淡淡的綠色，不知道是本就如此，還是被添加了什麼成分，不過聞起來並沒有特別的味道。

浴缸旁種著參差不齊的花花草草，一棵老樹生長在小屋的牆壁裡，一部分的枝葉蔓延到淋浴區。淋浴區沒有隔簾，蓮蓬頭的水管不知道是從哪裡接過來的，只要一拉旁邊的開關，溫水就會灑下來。

茅草和竹子圍成一圈比人高的籬笆，上面有黑色遮光網。晚上的時候會點燈，白天的時候視線明亮，但還是看不到外面有什麼。昨晚，白流星就是發現籬笆上有一個破洞，他才爬過那個破洞逃出去，如今洞口已經被補起來了。

白流星跨進浴缸，緩緩泡進熱水裡，溫暖舒適的感覺讓他大大呼出一口氣，好像什麼煩惱都能忘記……差點也讓他忘了方才的屈辱。

遺忘的感覺令他害怕。

幾天前，白流星一睜眼就發現自己來到這個世界，沒有前因後果、來龍去脈，十分不合理地出現在森林裡。他試圖釐清自己的位置和自己是誰，但除了名字以外，其他統統都沒有印象，家人、朋友、職業，連自己是怎麼長大的都不記得了。

他在森林裡繞來繞去，走得肚餓口乾，腦袋也像隔了一層霧，無法冷靜下來思考。就在這時，他聞到了一股酸臭味。

那是一群衣衫襤褸的村民。不是白流星想以貌取人，一開始他也懷抱著善意，打算先問個路，但那些人根本無法溝通。他們像瘋狗一樣撲過來，眼神凶惡、口水冒泡。

白流星眼看不妙，立刻想跑，但那些人飛快跑過來壓制住他。有人抓他的手腳、有人脫他的褲子、有人把自己不堪入目的地方掏出來，對著他手淫，嚇得白流星全身起雞皮疙瘩，不顧面子地大叫。

就在這時，翅膀的影子遮住了森林裡少見的日光，不祥的預感伴隨著希望，所有人都停下動作。梅菲斯拍著翅膀降落，面無表情，他一語不發，村民立刻像看到鬼一樣。

『是惡魔梅菲斯！』

『惡魔來了！快跑啊！』

村民跑掉後，白流星怔怔地看著這個男人，看著他走向自己。

梅菲斯給他的第一印象，絕不像惡魔，而是天使。一個有著黑色翅膀的天使。

他可能是墜落人間，也有可能是被放逐或路過，總之，他並不屬於天堂裡的一員。

梅菲斯走向白流星，那時他還不知道白流星的名字，但他嗅了嗅空氣，接著便對白流星露出不可置信的神色。

『你是Ω？』

『呃嗯……』白流星也察覺到對方的信息素飄出來了。

男人不僅是α，他似乎還是一位極優性的α，這兩者的差異大概就是中等中上的普通人和少數菁英。男人俊美的臉龐也讓白流星目不轉睛，背後的樹林映襯著他高挑的身材，彷彿一位名不見經傳的神祕巫師，他一定擁有很強大的法力。

『一個Ω怎麼會在我的森林裡遊蕩？』男人問。

『你可以先控制一下你的信息素嗎？』白流星用手掌遮著鼻子，這並不代表他聞到了臭味，這個動作其實也沒有多大效果，沒辦法阻擋所謂的「信息素」，但他透過這個肢體語言來表達——你妨礙到我了。

『……』男人側了側頭，收斂了自己的信息素，白流星瞬間就聞不到了。

在白流星的印象裡，一般的α都喜歡把信息素展現出來，生怕別人不知道他們是α。少數極優秀的α卻相反，他們會隱藏信息素，不介意被人們誤認為「不像α」或β，因為這些不會影響他們的本質。他們天生優秀，如果再加上金湯匙般的家世，就更不怕別人贏過他們了。

然而，收放信息素的能力不是每個人都能做到的，像白流星自己就沒那麼厲害，他也是很容易就被影響的體質，這在Ω裡大概算是中等偏劣。

他發現自己的身體在隱隱發熱，好像是方才聞到對方信息素的關係，即使對方已經收起來了，他的體內還是殘留些微的餘韻。

『你叫什麼名字？』男人問。

『白流星。』

『我叫梅菲斯，你看起來不像這附近的人。』

『對……』當時，白流星身上穿著十分普通的白襯衫和黑長褲，衣服上沒有花樣、標籤或徽章，口袋裡沒有任何辨別身分訊息的東西，『我不知道自己是從哪裡來的……我……好像只記得自己的名字……』

『什麼？』男人疑惑地歪頭。

『我不知道自己為什麼會在這裡……』

『在如今這樣的時節、說這種話，你是想博取別人的同情嗎？』

『什麼？同情？』當下，白流星只覺得對方的反應很無禮，『我為什麼會需要別人的同情？』

『一個孱弱的Ω跑到我的森林裡來，如果不是尋求我的庇護，那我就不知道你的目的為何了。』

『我本來還想問個路的……怎麼有遇到神經病的感覺……』白流星翻了個白眼，忍不住碎念。

雖然對這男人的第一印象只有臉長得好看，但對方似乎是還能正常對話的人。『先生，我知道這聽起來很荒謬，也覺得這一切都荒唐得不得了，但我可以肯定自己不是這裡的人，因為我……』

白流星的腦海裡依稀記得模糊高聳的樓房影子，車多吵雜的馬路和閃爍的電視廣告看板……不像這座連個地標都沒有的森林，那些東西帶給他熟悉感，一種「家」的感覺。

『反正，我不屬於這裡，我很肯定！』

『……』男人雙手扠腰，似乎在等著對方說下去——也像在等待對方拋出什麼藉口。

『該做些什麼，自己在這裡有沒有目標，該往哪裡去——那些我都不知道。但不管怎麼樣，首先該做的事應該是確保自身的生存條件。突然來到一個奇怪的地方……這種事怎麼會發生在我身上……？』

白流星越說越小聲，他覺得自己是一個很堅強的人，但在這時候竟希望有個依靠，他為這樣的他感到一絲難堪。他忍住無助的心情，逼自己振作起來。

『我要回去……不對，我根本就不知道自己能回去哪裡。若要在這個環境生存下來，首先要有住的地方和食物，水源也是很重要的，畢竟是荒郊野外……』

『我有吃的、和住的地方。』

男人的聲音引起白流星的興趣。

『你知道哪裡可以過夜嗎？』

『這裡是我的森林，我每天都會出來巡邏。你運氣好、遇到了我，不——應該說，是我運氣好、發現了你。也許，你就是我在尋找的人。』

『……！』白流星還沒有發現男人的態度驟變，但他聞到 α 的信息素味道突然變濃，有個不好的預感。

他掩著口鼻想轉身，但雙腿不受控制地跪下，熱源正從下腹湧上。

男人背後的翅膀張開，像雄性動物在宣示主權，也像隻鳥類在求偶。他眼裡閃爍著興奮的光芒，飛到白流星面前，單膝跪下，雙手抓住白流星的肩膀。

『生下我的孩子吧。』

『咦……？』我有沒有聽錯？

『接受我的精子，孕育我的孩子——』男人傾身吻住了白流星的唇。

白流星瞪大眼睛，從嘴唇傳來的柔軟觸感讓他覺得時間好像暫停了，從鼻尖聞到的香氣宜人舒適，雖然有一點暈暈的，但只是像喝了點酒之後的微醺，還不到醉。

男人的舌頭撬開他的嘴唇，這麼快就把舌頭伸進來是有點過分。他細細舔吻敏感的舌側，在分開的時候留下淫靡的絲線。

接著，白流星不知道自己腦子在發什麼熱，他被男人抱起，飛到一棟小木屋前，已經被信息素迷得七葷八素。他被男人推進屋、滾上了床，發生了關係。到這裡白流星都還沒有發覺，自己掉進了一個出不去的陷阱裡。

直到隔天早上起床，男人要求他尿在麥穗上。

『這……這一點都不好笑。』他當時還以為是玩笑。

男人十分堅持，白流星不尿他就不讓人出去，也不給東西吃。白流星想「物理逃跑」，男人就攔腰抓住白流星、把人抱回來。最後男人輕壓白流星的小腹、手裡握住好像在流淚的可憐小東西，逼他尿在麥穗上。然後晚上又發動信息素、讓他抗拒不了，隔天早上逼人家尿尿……白流星這才強烈意識到，這個男人是不折不扣的惡魔！

思緒回到現在，白流星整個人泡進浴缸熱水裡，又浮起來。

如今他可以肯定一件事，就是這個身體絕對不是初經人事。

不管是他初次見到男人、就跟人家滾床單，還是接下來的幾次，自己的身體都像「已經熟知了這種事」，好像他很久以前就已經被誰撬開過。如今梅菲斯只是把埋藏深處的火種點燃，但他並非播下火種的人。

可是，那個人會是誰呢？不，應該問，真的有那個人存在嗎？

也有可能只是自己的個性比較開放而已……

白流星嘆了一口氣，他覺得一個人的個性不會輕易改變，自己即使忘記很多關於自身的資訊，但個性這種東西是天生加上後天的培養，不可能因為來到異世界就一百八十度大轉變吧？

「這到底要算強制性交還是合意性交呢？不，應該算是趁機性交。行為人利用被害人因某些因素所造成、不知或難以表達意願之狀態，強迫被害人進行性交，且被害人不知或不能抗拒之原因是自行造成的……但這條定義太不合理了，因為信息素造成的影響是雙向的，被害者會很難舉證自己的意願。如果要壓倒性致勝的話，我還是會用強制性交罪合併信息素犯罪，加重處罰條例……」

白流星自言自語到一半，忽然打住。

「奇怪，我怎麼會講這些？」

水慢慢變涼，白流星像木頭一樣愣住，自己好像遺忘了什麼重要的事，卻想不起來。

「啊……」頭好痛，他雙手按著太陽穴，耳朵裡面有一個尖銳的聲音。

如果不去探究自己的過去，是不是就不會痛了？是不是就可以過得比較輕鬆……？

「你洗好了嗎？」梅菲斯的聲音中止了耳鳴和頭痛，白流星詫異地轉過頭，看到梅菲斯捧著乾淨的衣物，出現在門口。

「早餐準備好了，雖然現在已經不是吃早餐的時間了。」

「……我再泡一下。」

梅菲斯沒多說什麼，他把衣服和大毛巾一同放在浴缸旁邊的木頭長凳上，便走回小木屋。白流星等到聽不見聲音了，才從浴缸裡出來。

他擦乾身體，一邊回想梅菲斯說過的話。

這個世界除了男女性別之外，還分成了三種人：α、β、Ω。

α當成社會菁英理解就行了。他們什麼都好，大部分的α也都是含著金湯匙出生的。

孕。

β是不會散發信息素、也聞不到信息素的普通人。他們沒有發情週期，男性也不會懷孕。

Ω的生理構造特殊，即使是男性也有可能懷孕。白流星就是一位Ω，然而，這個世界的Ω又有一點不一樣。

『通常，村子裡的Ω都是統一管理的。』剛來到這個世界的那天晚上，梅菲斯趁著做完愛的閒暇時候說，『他們可能以為你是逃出來的Ω，才想要把你抓回去。』

『我很明顯是個Ω嗎？』

『嗯，我大老遠就聞到你的味道了。』

『我有散發出很強的信息素嗎？』白流星自己不覺得……

『我以為是母狼的味道。』

『啊？』白流星一臉錯愕。

『總之，你不要亂跑了。』

『不是，明明就是那群人的錯。哪有人一看到Ω就撲上來，還說要抓回去的？「抓Ω」這個說法基本上就有問題了，這個世界還有沒有法律？』

梅菲斯用不太理解的表情，看著白流星的義憤填膺的模樣，『村裡的Ω是共有的，你的村子不是這樣嗎？』

『我不是從村子來的！我是從……反正我的世界不是這樣！應該不是吧？我也想不起來了，但這種問題就很讓人生氣。怎麼可以忽視一個人的意願，只憑他天生是什麼樣子，就對他做什麼安排呢？』

『我以為那是你們人類的傳統。』

『什麼「你們人類」？』

『你——人類——我跟你們是不一樣的種族。』

『……』對喔，他有翅膀……

梅菲斯提起「人類」的事時，不管說的是α或是Ω，用的都是同一號表情，彷彿他是一名旁觀者，也是個冷靜的記錄者。

『村子裡的主要勞動力是β，因為他們的數量最多，能力也很穩定，不會突然出現不合群的人，推翻α的統治。』

『所以在這個世界，α是統治階級嗎？』

『人類是。』

『你呢？』他也是α……

『我只有一個人。』梅菲斯淡淡地回答。

統治制度上，除了所謂的統治階級，還要有被統治的對象。沒有被臣民擁戴的王就像跳梁小丑，沒有人聽從你的指令，就談不上什麼統治。白流星卻在梅菲斯的聲音裡，聽出了一絲絲寂寞。

『你沒有其他族人嗎？』白流星不禁問道。

『我正在找，或是自己製造。』梅菲斯望向白流星的小腹。

當時，白流星還以為對方在開玩笑，他拉過棉被蓋住自己，不當一回事，『還有呢？告訴我這個世界的事，這裡的Ω……過著什麼樣的生活？』

『每個地區的管理都不太相同。在一些條件比較差的村子，Ω會集中住在一個大屋子裡，算準發情期再交給α使用。這次的狀況也是，Ω太集中了，導致感染人數——』梅菲斯講到一半，戛然而止。

白流星當下有很多想問的，譬如什麼是「交給α使用」？但因為梅菲斯突然斷在一個關鍵字上，讓他不得不注意到——

『感染人數？那是什麼意思？』

『那不關我們的事。』

『梅菲斯！』

『你只要為我生下孩子就夠了。』

『唔！』

然後就是惡魔α發動信息素，強迫他做到斷片……

✽

白流星穿好衣服，走回小木屋，走廊的盡頭就是客廳兼用餐的地方。壁爐燃燒著熊熊火焰，柴薪裂開發出「嗶啵」聲。餐桌旁只有兩張面對面的椅子，桌上有一盤餐點，是烤吐司上放著未戳破的太陽蛋，蛋上面覆蓋一整片的起司，旁邊擺著切好的水果和生菜沙拉。

梅菲斯站在壁爐前，他看起來不像會親自下廚的人，小屋裡也沒有傭人或廚師。

「我要走了，你吃吧。」梅菲斯轉頭望向白流星。

白天，梅菲斯都會出門，這給了白流星逃跑的機會，但是他回來的時間不一定，小屋的門也都會鎖上。

「我幫你請了一位保鑣。」梅菲斯穿著深藍色的披風，金色的刺繡讓他的肩膀顯得更加寬大，長長的衣襬則凸顯他身形修長。

他走到窗邊，打開遮擋用的木板。瞬間有個東西飛了進來，速度奇快！牠掠過白流星頭頂，拍著翅膀降落在餐椅的椅背上。

白流星轉身一看，發現是一隻白色的貓頭鷹，臉長得有點可愛。

「……」

貓頭鷹旋轉歪頭，兩顆眼珠看不出情緒，像戴了一張面具似的，面無表情的程度與梅菲斯有的比。但一個滿腦子只有生孩子的惡魔，請一隻萌到吐血的貓頭鷹來當保鑣，真的不是臨時請不到人嗎？

「我不需要保鑣！」白流星不得不懷疑，這隻鳥是梅菲斯的眼線，是來監視自己的！

「我今天會晚一點回來，你要出去的話，雷米知道範圍，牠會提醒你。」

「雷米是貓頭鷹的名字嗎——不對，你要讓我出去？」

「你可以在小屋附近散步，做一點有益身心健康的運動，我想那應該可以幫助你在夜晚受孕。」梅菲斯大步走出小屋，張開翅膀飛走了。

梅菲斯走後，門自動關上。白流星則坐在餐桌前，拿起餐具，一口一口將食物送進嘴裡，而貓頭鷹雷米全程盯著……

被一隻貓頭鷹盯著的感覺很微妙。雷米長得有點可愛，像隻療癒寵物。

「你要吃嗎？」白流星叉起一顆深紅色的莓果，「你會魔法嗎？會變成人嗎？」

雷米整隻鳥一動也不動。牠的脖子不動、眼睛也沒眨一下，更沒有發出叫聲或伸展羽毛，顯得對一隻鳥說話的白流星好像白痴一樣。

「你會用……心電感應之類的嗎？跟梅菲斯隔空傳話？」

白流星像在唱獨腳戲。

「很好，你看起來只是一隻普通的鳥！」

白流星故意說反話，配上一個大大的微笑，他心裡才不信呢！

✽

梅菲斯的小屋從外觀看就是一間森林小木屋，屋頂上有一層天然的苔蘚植被，外牆全是以原木製成。從小屋的木門走進去，就是客廳、餐桌和壁爐。它不是光鮮亮麗的度假豪宅，裡面也不寬敞，但是住兩個人剛剛好。

想像當天氣冷的時候，兩個心意相通的人依偎在壁爐前，不管是坐在沙發上或地毯上，那將是多麼溫馨的景象──白流星不敢想像就是了。只是，梅菲斯的小屋就是給他這種感覺，小屋雖小，但五臟俱全。

小屋前方被森林環繞，後方是只見雲海不見底的斷崖。梅菲斯住在懸崖上，他可能覺得無所謂，畢竟他有翅膀。但對於白流星來說，他能逃跑的方向就只有一個，就是前方那片森林。

白流星決定來測試看看，貓頭鷹雷米對他監視到什麼程度。
吃過早午餐後，白流星走出小屋前門，一步、兩步、三步……
走了十來步，森林邊緣就在眼前，他正要抬起腳，突然有一道白影衝了過來。
「啊啊啊啊啊！」
雷米在白流星頭上猛拍翅膀，羽毛全部打到他臉上。白流星跌坐在地，也離森林遠了一些，雷米這才張開翅膀、停在空中，並慢慢降落下來，收起雙翼站在一根木樁上。
他就不相信這隻鳥這麼厲害！
白流星不顧一切往前衝，但雷米再度撲過來。
「啊啊啊啊！」白流星像撞到一面會動的牆，還是羽毛做的，塞了他滿嘴的毛，「噗咳……咳……咳……」
他喘氣片刻，轉身回屋裡拿了根掃把。
「喝啊啊啊——！」他幻想自己是揮舞著長刀的劍士，舉起掃把朝雷米進攻。但雷米的表情沒變過一分一毫，牠拍拍翅膀，雪球般圓滾滾的身體也像雪一樣蓬鬆靈巧，輕鬆躲過白流星的攻擊。
幾個回合下來，白流星必須承認幻想就是幻想，普通人不是揮舞著一根長長的東西，就會變成武林高手的。

「你……你很厲害啊……哈啊……」

趁著雷米站在樹樁上，無辜地一百八十度轉頭，白流星猛然舉起掃把，以打棒球的姿勢，要把雷米當成一顆雪球打出去——

「呃啊！」

掃把還沒碰到雷米，白流星就先閃到了腰。他痛苦地丟下掃把，慢慢躺在草地上。

「……」

早晨的霧氣到中午才消散，白流星看著天空，發起了呆。

這裡非常安靜，靜得可以聽見自己的心跳聲。白流星慢慢閉上眼睛，心想，「以前」會有怎麼樣的聲音呢？是汽車的引擎聲、救護車的嗡鳴聲、人們嘈雜的尖叫聲……這些聲音像洪水猛獸，逼他猛然睜開眼睛。

——不會吧？

白流星摸著自己的胸口，覺得有點悶悶的。

他沒有出車禍的記憶，所以，這應該只是他想太多了而已。

不要自己嚇自己了……

白流星又闔上雙眼，深呼吸，感受著森林裡清涼的空氣、沒有雜質的氣味。他心想，自己以前一定是過著很忙碌的生活，才會覺得這般空閒，是一段很難得的時光，既想要這段時間可以長久一點，又對無所事事的自己感到些許罪惡。

白流星意識漸漸模糊，但沒睡多久又驚醒過來。

「我怎麼可以在這裡停下來，我應該要逃走，不然他晚上就會對我……」

必須要逃離那個索求無度的男人！

白流星跑回小屋，雷米也跟著飛進來，降落在椅背上。白流星瞥了雷米一眼，「你要一直跟著我嗎？我想去泡澡，你也要跟過來嗎？你的主人有允許你觀看我的身體嗎？」

「……」

雷米張開一邊翅膀，啄啄自己的羽毛，看起來很自在的樣子。

白流星走到露天浴池，見雷米沒有飛過來，他便拿起放在一旁的園藝用大剪刀，爬上大樹。

「啊……啊……」

白流星的叫聲從房間裡傳來，雷米圓圓的腦袋一轉，立刻飛進房間。只見白流星倒在地上，雙手壓著自己的腹部。

「我的肚子好痛……快點叫梅菲斯回來……快點！」

雷米縮起雙腳、張開翅膀，梅菲斯的房間只有一個出入口，就是通往走廊的門，除此之外沒有其他窗戶或房門。而就在雷米通過門框、往外飛去的那一瞬間，雪白的身體被黑色的遮光網纏住。

白流星從地上站起來，看著在網裡不斷掙扎的鳥兒，本想無情地找個重物敲下去，但還是下不了手。於是拿來一個圓鐵鍋罩住雷米，又去搬了幾本厚重的書來壓住，最後走出小屋，拿起丟在屋外的掃把。

他把掃把的頭拆下來，帶著剩下的竹竿當防身武器，快步走進森林。

靠近小屋的森林還看得見綠葉，但再往前走，樹的顏色就變得一片漆黑，好像有人淋了焦油在上頭。樹上的藤蔓也變成了黑色，且長滿尖刺，樹幹長出畸形的瘤，好像一碰就會爆出毒水。

白流星忍著內心的不安，他告訴自己，這段路他走過。到這裡都還是梅菲斯的地盤，他不能掉以輕心，只要走出這片森林，外面一定有人類的城鎮，

他加快腳步，卻又突然停住，只是緊緊握著竹竿，不敢再前進了……

因為他看到一隻黑色的狼，正在啃食村民的屍體！

第三章

黑狼的體型比白流星認知中的還巨大，如果用後腳站起來，身長應該超過兩公尺，簡直不像狼了，而是像熊一樣。他知道狼是一種掠食動物，但狼的體型不應該這麼大吧，狼不是只比哈士奇大一點點而已嗎？

牠邊吞食人肉，邊舔嘴巴，白流星除了在空氣裡能聞到肉的腥味，還能聽見狼牙咬斷骨頭、把肉撕下來的聲音。

白流星慢慢後退，他雙手握緊竹竿，發現自己在顫抖。但他現在只能後退了，必須趁黑狼還沒發現他之前，趕快逃走。

忽然，黑狼抬起頭來，鼻子在空氣中嗅了嗅，轉頭朝白流星看過來。

白流星嚇得拔腿就跑，並聽到狼的嚎叫。可能是黑狼發現了新的獵物，正在把同伴呼喚過來，而那個「新的獵物」大概就是自己。無論如何，現在的情況都對自己不利。但白流星搞不清楚方向，不管要往人類城鎮，或是回到梅菲斯的小屋，他都毫無頭緒！

「啊啊啊啊——！」

突然，一股重重的壓力將他撲倒，肩膀上傳來劇痛。

黑狼咬住白流星的肩膀，狼牙刺進血肉裡。白流星又痛又害怕，但他太過震驚了，以致於無法哭喊出聲。

黑狼不知道為何鬆了口，牠嗅著白流星的脖子，突然一爪子劃破白流星的衣服。

「嗚啊啊！」白流星痛得叫出聲。這時有更多的狼靠近，牠們的體型都跟那隻黑狼一樣大。

黑狼嗅著白流星背上的血痕，白流星看到方才跌倒時掉落的竹竿就在不遠處，他鼓起勇氣——雖然不知道為什麼黑狼要一直聞他，但他趁著黑狼沒有咬住他的這一刻，推開黑狼爬起，並撿起那根竹竿，轉身朝撲過來的黑狼打下去。

雖然成功打中黑狼的半邊身體，但竹竿卻斷掉了，黑狼的毛皮厚得無損。白流星倒抽一口涼氣，知道自己凶多吉少。那頭黑狼還沒撲向他，旁邊卻有另一頭撲了過來。

「啊啊啊啊——！」

他的手臂很快就出現血痕，單薄的襯衫被撕爛了。他被撲倒在地上，正面面對黑狼的血盆大口，可以聞到野獸嘴裡的腐臭，近距離看到野獸腥紅的眼睛。他用蠻力抵抗著黑狼，不讓狼嘴咬到自己的臉或脖子，但換來的是手臂的傷，深可見骨。

白流星用力擠開黑狼，但他已經落入狼群狩獵的陷阱。攻擊他的已經不只是一隻狼，而是一群狼輪番上陣。

白流星跌坐在地，疼痛和失血讓他的體力驟然下降。就在他懷疑這群狼怎麼沒有一口把他咬死的時候，有一隻狼跳到他背後，用兩隻前腳將他壓在地上。

黑狼沒有用力咬下，但白流星卻嚇得冷汗直流。因為他可以感覺到，有一個尖銳的凸起物正抵著他的臀部，想找地方鑽入。

「不要……不可以……這種事……」

狼群發出低吼，有幾隻已經按捺不住，腥紅的尖銳物從黑色毛皮中露出。白流星全身顫抖著，即使想逃跑，手腳也沒有力氣了。

「不要……不要啊！為什麼我要遇到這種事……梅菲斯！」

他小聲呼喚著那個名字，同時哭了起來。他的肩膀又被黑狼咬住，黑狼拱起了腰，這時卻突然有道黑影掠過。

白流星背後的重量和腥臭味都消失了。梅菲斯從天上俯衝而下，像獵捕老鼠的鷹隼，他雙手抓著黑狼的背，將黑狼扔向對面的樹幹。

黑狼撞擊到樹幹，立刻被長滿尖刺的藤蔓夾住，發出像小狗求饒般的嗚咽聲。

但這只是一隻狼而已。

梅菲斯的降臨立刻點燃了狼群的戰火，牠們包圍梅菲斯、大聲嚎叫。梅菲斯手上冒出紅色的魔法光球，宛如警示燈般燃起不祥的紅色火焰，但當他正視狼群的時候，他卻遲疑了那麼一下子，讓他錯失了施放魔法的機會。

一頭巨大的黑狼從梅菲斯身後偷襲，梅菲斯很快地側身閃躲，但他的翅膀還是受傷了。黑色的羽毛落下，掉到地上化做結晶，晶體脆了、碎了，就像回歸塵土一般。梅菲斯每受傷一次，就有結晶粉末從他身上落下，使得他在這場戰鬥中如同星辰抖落。

因為方才霎時的遲疑，梅菲斯瞬間處於弱勢。狼群聰明地將兩人分開，牠們暫時沒有攻擊白流星，全部都在圍攻梅菲斯，也等於變相擋在梅菲斯和白流星中間，讓梅菲斯沒辦法與白流星會合。

白流星趴在地上，看到梅菲斯始終沒辦法對狼群下重手，好像在顧慮著什麼……

——是我嗎？

「哈……」發現自己這麼想，白流星自嘲地苦笑，梅菲斯總不可能是因為魔法太強，怕隨便「發射」就會打到他吧？

戰場瞬息萬變，野獸進攻的速度很快，牠們無須靠言語溝通就能輪番上陣，彼此也不會相撞，梅菲斯光閃躲都來不及。

——不是我……

白流星恍惚地想著，梅菲斯應該是不想傷害到「森林」，因為這裡是他的領地，他很重要的森林……

「流星！」梅菲斯回頭大喊。

白流星的意識越來越渙散，可能是失血過多或疼痛過於劇烈，亦或是這一切已經超越了他所能理解的範圍，腦容量不夠了。他看著梅菲斯的動作，突然覺得有點可笑。

梅菲斯大可以丟下他逃走……只要飛到天上就好了……

「流星——！」

「……」

白流星心想，梅菲斯還真不是戰鬥的人才，顧慮東、顧慮西的，敵人很快就會吃掉你了……所以想做一件事情就要狠下心來，剷除阻礙往目標前進，即使那些滯礙，是大多數人都看重的感情……

「那是……我……嗎？」

——我怎麼會有這麼冷酷的想法？

「流星！」

白流星突然有一點後悔了。

「流星！」

……不該、離開的……

他昏了過去。

⁂

梅菲斯抱著白流星降落，小木屋的門自動打開。他抱著白流星走進屋裡，不顧兩人身上都是血汙，直接將白流星連同包裹著的披風，一起放到床上。

他注意到房間地板上有個鐵鍋，上面壓著書，裡面有東西在動。他把鐵鍋踢開，貓頭鷹雷米就滾了出來，翅膀上還纏著黑色細網，但雷米很快就自行脫困了。雷米拍拍翅膀，停在最高的櫃子上，像一尊木雕似的，無視梅菲斯的嘲諷與忙碌。

梅菲斯打了一盆清水回來，一手拿著溼布，一手變出魔法光球，當他掀開披風、在燈光下察看白流星的狀況時，他不禁愣住了。

白流星身上有咬痕、有抓痕，傷口皮開肉綻，泥土、小木片已經插到裡面去了，血不停流淌，甚至滲到了披風外層，但梅菲斯卻到現在才發現。

是他太有自信？沒料到事情會變得這麼嚴重？無論如何，這都不是光靠一盆清水和魔法就能治好的了。

梅菲斯跪在床邊，先把傷口裡的髒東西挑出來，再把魔法光球移到傷口上。血沒有馬上止住，傷口癒合的速度太慢了。梅菲斯加大魔法的力道，光球也變得明亮，但白流星卻痛苦地呻吟了一聲。就在梅菲斯轉頭望向白流星的頃刻之間，他聞到皮肉灼傷的氣味，嚇得他立刻將光球收回。

「呃呃……」白流星眉頭緊鎖，光、熱和這一瞬間的刺痛感，讓他醒了過來。

「流星！」

「……」白流星只能看到一個模糊的影子。

「撐住！你一定要撐住！」

「……」白流星聽到梅菲斯的聲音，卻看不清楚他的容貌，也就看不到對方此刻焦急又自責的神情。但他覺得梅菲斯的聲音，好像在哪裡聽過……

「流星！流星！」梅菲斯拿出一個盒子，他一邊準備針線，一邊留意白流星的反應，因為他怕白流星一闔上眼睛，就再也不會睜開了，「流星！」

「你都不……吻我了……」

「什麼？」

「我應該是……第一次見到你、就愛上你了……可是……你只有在我們第一次做的時候……吻我……平常你都不……」

白流星說話的時候，口鼻發出「咻——咻——」的聲響，他發現自己必須大口呼吸，才能吸得到氣，好像有什麼東西塞在他的肺裡，讓他沒辦法順利呼吸。

「……吻我……了……」

梅菲斯握著白流星的手，白流星的指甲泛白，靠近指緣的部分變成了紫色。他望著白流星，皺起眉頭不知道在想什麼。是難過？惋惜？還是不捨？

他低頭吻了下去，雙唇貼在白流星的嘴唇上。白流星閉上眼睛，當他感覺到梅菲斯的雙唇離開的時候，他半瞇著眼，看清了男人的臉龐……

「穆程？」

耳鳴聲突然放大，淹沒了白流星自己的聲音。

✤

「不要吵我，不要干擾我，不要妨礙我的人生，這樣很難嗎？」

「你怎麼這樣……」

「你不知道現在對我來說，是個很重要的時期嗎？你還拿那些雞毛蒜皮的小事來煩我，是嫌我不夠忙嗎？」

「不……我只是……想跟你……」

「很多人都對我寄予厚望，即使那些不看好我的人，他們也都在看著我……！等著我掉下來……你就不能在背後好好地支持我嗎？」

「……」

「這個案子不能搞砸，這是我往上爬的機會！你不是一直都知道嗎？不要再來吵我了！不要干擾我，不要妨礙我！」

「我只是……想問你要不要一起睡覺？」

「……你先睡吧。」

❉

——那個人是誰啊？

白流星在半夢半醒間，朦朧地想著，那個講話那麼難聽的人是誰？他的語氣好刻薄，不覺得這樣會傷到人嗎？他正在用言語傷害自己最親愛的人，怎麼還可以套上一個冠冕堂皇的理由，認為這都是對方的錯？

白流星的手指動了一下，緩緩張開眼睛。他躺在床上，卻覺得天旋地轉，整張床好像都在搖晃。

他看到梅菲斯站在床邊，手上似乎拿著什麼……

「流星！」

梅菲斯注意到白流星醒了，急忙放下手中的東西，坐到床邊。他一手握著白流星從繃帶底下露出來的手掌，一手試探白流星的額頭和臉頰，手背摸到些微的低燒。

「流星，你現在感覺怎麼樣？」

白流星全身纏滿繃帶，有幾個地方還在滲血。他看不到自己的樣子，但他可以看到梅菲斯繃著臉，眼眸裡寫滿擔憂。

「我……」白流星的聲音沙啞到他自己都覺得驚訝，才發出一個音節就說不下去了，喉嚨裡好像卡著什麼。

「你冷靜一點。」梅菲斯趕緊提醒，避免白流星因為自己的狀態而嚇到換氣過度，「我不能用魔法治療你，魔力太強反而會對你的身體造成傷害，Ω太脆弱了。」梅菲斯苦笑，他拿起放在床頭櫃上的溼布，擦了擦白流星的臉。

清涼的感覺讓白流星稍微舒服了一點，但喉嚨的乾渴卻像有一團火在燒。他嘴唇微張，還沒發出聲音，梅菲斯就拿起床頭櫃上的杯子，用湯匙餵水給他。

「你會好起來的。」梅菲斯道。

「我的手腳還在嗎？」

梅菲斯握了握白流星的手，故意揉著他的指尖，「沒有地方斷掉，你放心吧。」

「會留下疤痕嗎？」

「你想要疤痕嗎？」

「不要！」

「知道了，我會把你治到一點痕跡都不留的。」梅菲斯莞爾，將白流星的瀏海撥開，溼冷的毛巾抹著白流星的額頭。

「我現在的樣子很糟嗎？」白流星看不到自己的樣子，也不知道自己躺了多久，但這段時間身上一定累積了很多汙垢。

「你多幾條疤痕我也不會介意的。」

「我介意！唔……」傷口的疼痛讓白流星沒辦法繼續說下去，梅菲斯也馬上皺起眉頭，從床頭櫃上拿來一個小瓶子，在湯匙上倒出藥水，餵給白流星。

白流星喝下去了才問：「這是什麼？」

「預防感染的。」

「……」他說的應該是傷口感染吧？

白流星心想，自己曾被野獸撕咬，現在變成這破玩具一般的樣子，野獸又髒又臭的嘴巴一定藏有很多細菌，還能保住手腳就已經是奇蹟了。這裡雖然是異世界，但應該有屬於

「他們」的生態系統，梅菲斯看起來像是位魔法師，應該懂得很多吧？

白流星不願意承認的是，他打從心底對這個男人的信任。

對方餵給他的，是否會是毒藥，他腦海中從一開始就不存在這個問題。

「你呢？」看到梅菲斯照顧自己的樣子，白流星想起對方也在跟狼群搏鬥時受了傷。

「我？」

「你不是也受傷了嗎？」

「我沒事。」梅菲斯的口氣沉穩，並非逞強，也不像在騙人。

的確，梅菲斯一點都不像受過傷的樣子。就連白流星記憶中他受了傷的雙手，如今連指甲都很完好，身上也沒有綁著繃帶或殘留著傷疤。

梅菲斯還是跟以前一樣，穿著袖子稍寬的白襯衫，袖口縫綴樣式古老的蕾絲，黑色的長褲沒什麼特色，只是凸顯著他十分修長的腿。漆黑的長髮紮起了髮辮，銀色的頭飾像瀑布般流洩，在他的頭髮上點綴著星光。

「這樣啊……嘶……」

傷口的疼痛讓白流星咬緊了牙關，梅菲斯看到對方的樣子，立刻餵了幾湯匙的白色茶湯給他。

白流星覺得疼痛有減緩，但還沒有到完全無痛的階段，「你可以散發一些信息素嗎？」

「為什麼？」梅菲斯眨了眨眼睛，但眼睛以下的表情完全沒有變化，讓白流星想起屋裡的貓頭鷹。

「因為……聞了會舒服一點……」

「我知道了。」梅菲斯放下藥瓶，雙手握著白流星的手，他的表情變得柔和，讓白流星為之一愣。

α的信息素飄了出來，梔子花的香味，淡淡地，必須閉上眼睛、仔細感受才能聞得到。

「這樣不夠……」白流星喃喃地道。

要求一個不熟悉的α散發信息素，這是有點超過的，而且隨便一個α的信息素，也不是對任何一個Ω都有效。要讓生病或受傷的Ω產生放鬆的效果，只有一個前提……

「抱緊我。」

前提是，兩個人必須是伴侶關係。

「抱抱我啊，梅菲斯……」白流星動了動手指，指腹磨蹭著梅菲斯的手背。

梅菲斯坐到白流星身邊，抱起白流星的身體。他讓白流星的頭枕在自己的手臂上，像在擁抱一個脆弱的嬰兒，動作很輕。

白流星可以聞到的信息素變多了，他覺得自己像蓋著一條由信息素編織的毯子，那味道讓他安心，像躺在舒適的被窩裡。

一個味道可以讓人感到安心的原因，不僅僅是因為好聞。有時候香味過於濃烈，會讓人感受到威脅性，但梅菲斯的信息素帶有一種熟悉感，蘊含著讓人安心的氛圍，甚至讓他覺得那曾經帶給他正面的回憶。

像是……

像是什麼呢？他不記得了。

「好痛喔……」白流星靠近梅菲斯，瑟縮在男人懷裡。

梅菲斯一手抱著白流星，另一隻手伸到床頭櫃調配藥劑。他在一個銀色的小杯子裡倒入白色茶汁，又倒出幾個小瓶子裡的藥水，接著拿起小湯匙混合攪拌。

「你忍耐一下，這種藥一次不能喝太多，我把濃度調淡一點，加一點對你身體有幫助的營養劑。」

「我好像……忍不了了……」白流星伸出顫顫巍巍的手指，抓住梅菲斯的襯衫前襟。

梅菲斯的眼神瞥過去，看到白流星蓋在薄被底下的雙腿併攏，大腿夾在一起磨蹭著。

「我的信息素對你影響很大嗎？」梅菲斯輕輕皺了皺眉頭，似是困惑。

白流星仰頭吐出一口嘆息。他的雙頰緋紅，眼神盈滿情欲，此刻已經不管對方會怎麼看他了，他只想要痛快一場。「α的信息素一直都能對Ω產生影響，你不是都知道的嗎？」

「是你叫我釋放信息素的。」

「你可以調節信息素的量，要讓Ω失去意識還是張開腿，不都是α說了算？」

「我沒有……」

「我才不信。」白流星帶有嘲諷的嘴角一勾，「不想插進來嗎？只要有個人做為孕育胎兒的容器，不管是哪個人、不管在哪裡都沒差吧？」

「你是這麼想的嗎？」

「你明明也想要，就別裝了！」白流星頓時感到氣急敗壞，他不懂這個男人還在等什麼，「不喜歡我這樣的身體嗎？你一定要Ω的模樣是完好的嗎？」

白流星雙手抓住梅菲斯的襯衫，兩人的鼻尖快要碰在一起，嘴唇也是如此接近，但卻沒有人想要當先貼上去的那個。

「我才剛把你從鬼門關救回來。」梅菲斯抓住白流星的手腕，將它從自己的衣服上拿開，「確實，要讓你生小孩，理論上不需要多餘的器官，但我比較喜歡看到它們在自己原本的位置上。」

梅菲斯的手指攀著白流星的手腕，往前延伸，與白流星指間相扣。

他的言下之意令人不寒而慄，但他的保證又令人安心。

白流星也想看到自己的手腳都還在原處，身上沒有任何一個地方減損。

「藥效應該已經發作了。」梅菲斯冷靜地判斷，「我用的劑量是正確的，它可以減輕疼痛，但不會讓人過於昏沉，你才有餘力誘惑我。」

「我沒有——！」

「因為不會痛了，你才會有錯覺，以為自己已經好了。這就是這種藥可怕的地方。」梅菲斯靠在白流星耳邊，對他輕聲細語，「試想一下，如果把這種藥投入戰爭裡，那就會製造出很多沒有痛覺的士兵。他們至死方休，因此搞不清楚自己為何而戰。」

「……」白流星愣住了。

「嚇到了嗎？」

「不……我只是覺得，你的聲音我好像在哪裡聽過……可是我想不起來……」

「噓……」梅菲斯突然抱緊白流星，讓他的頭靠在自己身上，像在哼唱搖籃曲一樣呢喃著，「想不起來就不要再想了。」

「可是……啊啊！」白流星沒有餘力思考，因為體內的欲望逐漸攀升，無法忽略，「梅菲斯……我……我……」

「我用手幫你。」

梅菲斯的眼裡沒有染上情欲的影子，但白流星怎麼樣都不相信對方居然不願對自己出手，他不知道自己該相信什麼了。白流星閉上眼睛，貪婪地聞著梅菲斯的信息素，他的嘴唇顫抖，但那並非疼痛。

「好……摸我，梅菲斯……摸我……」

梅菲斯的香氣並不濃郁，然而在這空氣不流通的房間裡，彷彿成了唯一的氧氣。他的手伸進薄被裡，握住半勃起的短小玉莖，上下撫摸。

白流星也在散發信息素，不過他並沒有意識到。他只覺得自己的呼吸好像變熱了，那吹到梅菲斯下頷的熱氣，把梅菲斯的胸口慢慢變得緋紅。

他只要稍微抬起頭，自己的嘴唇就能碰到梅菲斯的唇了。那裡好像有更濃郁的花香，好像把一朵梔子花啣在口中，邀他品嚐。

但他忍住了，忍住了接吻的衝動。

快感慢慢集中在雙腿間，白流星皺起眉、閉上了眼，雙手抓著梅菲斯的胸前，把襯衫前襟抓得皺成一團。梅菲斯的手像是知道他喜歡用什麼樣的方式，它溫柔又寬大，好像可以包容一切的任性妄為。

「啊啊……」

梅菲斯的香氣彷彿纏繞在指尖，他的手一往下摸，白流星就能感覺到後穴興奮地泌出汁液。梅菲斯的手掌都沾溼了，他的指頭跟指頭分開，中間勾著一條淫穢的絲線，接著把汁水往上帶，做為天然的潤滑液握住白流星的性器。

他的手先是握著莖柱，又以掌心覆蓋在頂部，混合前端冒出的一絲精液，搓著頂端、然後再次以整個手掌握住莖柱。如此來回幾次，就好像他很了解白流星自己經常使用的手法。

白流星一下子就受不了了，他也沒有忍住的理由，便咬牙射在梅菲斯手中。

他的身體還在顫抖，併攏的雙腿彷彿在說這樣不夠。他靠在梅菲斯的胸口喘氣，臉頰貼在梅菲斯露出來的肌膚上，貪婪地吸食著信息素的香味。

梅菲斯一手仍抱著白流星，能感受到自己的心跳越來越快。他再次伸手拿起床頭櫃上的銀色小杯子，仰頭飲盡，再低頭吻住白流星，將液體灌入白流星嘴裡。

唇舌交纏，混合著白色的汁液從白流星嘴角溢出，他茫然地看了梅菲斯一眼，隨即便陷入深深沉睡。

✽

白流星一直睡睡醒醒，但沒有作夢。

或許有，但他忘記了。

只記得身體有時像著火似的滾燙，有時又感覺刺刺痛痛的，不過總會有冰涼的觸感替他降溫，也就沒那麼難受了。

他覺得渴了的時候不用說話，就有水餵給他，他也不會覺得餓。偶爾他慢慢睜開眼、想搞清楚自己在哪裡之時，總會看到梅菲斯坐在床前，對他露出一個安慰的微笑。

房間裡一直都有淡淡的梔子花香味，但白流星沒有發情，就只是很想睡。梅菲斯每天都會幫他換藥，並用魔法治療，過程動作都很輕，白流星只有感覺到，好像有人把自己的手腳抬起來而已。

躺了幾天後，白流星的身體逐漸恢復。

終於，來到他拆下繃帶的這天——

梅菲斯拿著小剪刀剪開繃帶，白流星緊張地坐在床上，他心裡已經做了最壞的打算，那就是一條條難看的疤，即將攀附在自己的手臂上。

但拆開繃帶後，白流星看到的是完整的皮膚，甚至比以前更光亮！

他震驚地望向梅菲斯，梅菲斯卻一臉淡定。

「水放好了，你去洗個澡吧。」

「……」白流星點點頭，他正有此意。

剩下的繃帶梅菲斯就讓白流星自己拆了。當時情況緊急，白流星被咬得全身是傷，身上的衣服也早在治療時就被剪破，他躺在梅菲斯床上的這段時間，一直都沒有穿衣服。

白流星裹著大浴巾來到露天浴池，水果然已經放好了。

從房間走到露天浴池的這幾步路，他走得極為順暢。明明受重傷又躺了很久，照理說身體應該還很虛弱，或許會這裡痛、那裡痛的，但白流星統統都沒有，頂多覺得太久沒走路，有點不適應而已。不過走了幾步路後，身體馬上就想起走路的感覺，不適應感也很快就消失了。白流星覺得身體好像變回了原樣，彷彿從來沒有受過傷。

他把身上的繃帶都拆掉，繃帶上早已沒有血跡，只剩下內側一層薄薄的藥膏，這是昨天才剛換新的，還留有薰衣草和蠟菊的清香。

他緩緩泡進熱水裡。這一缸熱水還是這麼得撫慰人心，泡在裡面好像什麼煩惱都能忘記。

白流星吐出一口氣，覺得自己在異世界已經待了好久。因為受傷昏迷，他失去了時間觀念，不知道自己躺了多久，但總覺得就是一段很漫長的時間。久到好像快把梅菲斯當成一個很熟悉的人，對他的存在、這間房子乃至氣味，都慢慢習以為常。

突然，門被打開，白流星嚇了一跳，他趕緊蜷曲雙腿、抱住膝蓋。

「……衣服放旁邊就好。」白流星有瞥見梅菲斯手裡拿著東西，但他還沒看清楚那是什麼，就把頭轉到一邊，刻意迴避梅菲斯的視線。

梅菲斯的襯衫袖子挽到手臂關節處，手上拿著一個小盆子，「我來幫你。」

「什麼？你要幫什麼？」

梅菲斯雙手梳攏白流星的頭髮，引導白流星靠著浴缸邊緣躺下。他一手手掌擋在白流星的額頭上，另一手拿水瓢舀水，淋溼他的頭髮。

白流星仰躺著，看著梅菲斯倒過來的臉，眼眸專注認真。他的手指搓揉出泡沫，空氣中飄散著玫瑰的香味，竟讓白流星覺得這一幕並不陌生。自己以前好像也給誰洗過頭，但有哪個男人會這麼細心地去照顧他呢？所以，應該是……給美髮師洗過吧？

「梅菲斯……」

「嗯？」

「這個世界怎麼了？」白流星問出自己一直以來的疑問，但梅菲斯沒有半點停頓，神情也沒有一絲不自然。

「什麼怎麼了？」

「就算我不是這個世界的人，我也知道有哪裡不對勁！」白流星坐直身體，轉頭看著梅菲斯，「那些狼……森林……只要是個正常人、眼睛也沒有問題，都會知道樹是什麼顏色的！還有那些狼……那不正常吧？」

白流星不願回想起惡狼的血盆大口、和牠們有可能會對他做出的事，那不是獸類看到人類時會做出的正常行為。還是在他的世界裡，因為人類太自詡崇高，早已忘了野獸是什麼都做得出來的呢？

「你的小屋四周不就有正常的綠色植物嗎？但到了森林裡，顏色就像被吸走了。你要跟我說那是正常的森林嗎？這個世界到底怎麼了？」

白流星瞪著梅菲斯，但梅菲斯仍是一臉淡漠。他將白流星的頭轉回去，繼續替他洗頭，手指搓揉著泡泡，「因為我詛咒了森林。」

「你……什麼……？」白流星一臉錯愕、轉頭看向對方，但梅菲斯只是再次把他的腦袋擺正。

「我詛咒了森林。」

「那是什麼意思？」即使梅菲斯再把話說了一次，白流星還是聽不懂。

「該怎麼說呢……」

「……」

白流星沒有看到，梅菲斯輕輕皺起眉頭，像在思考著什麼。他的手沒有停下，平整的指尖一邊抓、一邊按摩頭皮，但力道卻稍微減輕了……梅菲斯意識到自己分心，便加重了指尖的力道，白流星也閉上雙眼，肩膀放鬆下來，開始聽他訴說故事。

「大概是兩年前，我注意到人類群體有一些異常現象，一開始是在β之間傳播的。β在人類群體占大多數，他們大多擔任基礎和中階的勞動力崗位，也在城鎮間往來，做為商業的樞紐。從他們開始，一種很特殊的疾病在人類之間傳播。」

梅菲斯扶著白流星的脖子，讓白流星仰頭靠在浴缸邊緣，替他沖水。

「這種病死亡率極高，患者會在死亡前流出黑色的血，一旦染病就沒有藥醫了。一開始，人類的統治階級並不重視，有α和染疫的β接觸，不過疾病都沒有傳到他們身上，人們還因此認為α是百毒不侵的，他們是最接近神的存在，但這種病卻在Ω之間擴散開來了。」

沖掉泡沫後，梅菲斯沒有讓白流星坐起來，他的手上又沾了某些東西，塗抹在白流星的髮絲上。白流星只覺得頭皮有點涼涼的，鼻尖能聞到令人身心舒暢的橙香。

「我之前跟你說過，人類的Ω是集團管理的。有限的居住空間和封閉的環境，都是造成疾病快速傳染的原因之一，而人類的Ω就偏偏生活在這樣的環境裡，於是，Ω的數量大量減少。」

白流星皺了下眉，內心彷彿也被觸動了。

「大量減少」的背後隱含的，可能是無數人的哀嚎與死亡。

「Ω大量減少後，首當其衝的是位於統治階級的α。他們的狂熱無處宣洩，最後，跑進了我的森林……」

「他們明知道你是惡魔，為什麼還要跑進你的森林裡？」白流星不顧梅菲斯的心情，提出了自己的疑問。

可能，他在原本的世界裡本就是個經常提問的人，必須要檢驗證據然後提問——但是，為什麼呢？白流星壓下心中對自己的疑問，他睜開眼睛，卻看到梅菲斯氣憤的神情。

他愣住了。

是什麼挑起了梅菲斯的情緒呢？

梅菲斯並不在乎人類的死活，從他淡然的語氣和態度便可窺知一二，但他此刻卻在極力克制著情緒。他轉身走到一邊，像是要迴避白流星的視線。

白流星當然是緊盯著梅菲斯，他的背影像一座陰鬱的大山，可惜那絕對不是旅遊的好去處。

「他們……他們跑進我的森林——！」

梅菲斯堅決的口氣彷彿是他最後的底線，他氣到沒辦法組織具有邏輯的句子，在白流星看不到的地方，他又是帶著怎麼樣的表情呢？

「我平常不會管人類要做什麼，他們雖然叫我惡魔，但我可沒有把他們當成獵物捕殺！森林和不切實際的民間謠傳在我們之間畫出界線，彼此河水不犯井水。」

白流星想起村民叫梅菲斯惡魔、從他翅膀下逃走的時候，梅菲斯就只是「出現」而已，連隻手都沒有抬起。

「村子裡的Ω數量不夠，那些α就開始向外尋找，不過他們能找到的Ω非病即傷，或是早就被隔離保護起來了。最後，他們開始尋找不是人類的東西……」

梅菲斯的口氣變得冰冷，短短幾個字——不是人類的東西，充滿了想像空間，令白流星不寒而慄。他想起那體型異常巨大的黑狼，自己差點就……

心中的恐懼如墨染般加深，他下意識闔緊了雙腿。

梅菲斯瞥見白流星的肩膀在微微顫抖，很快地重拾原來的自己。他走回白流星身邊，扶著他的脖子躺下來沖水。白流星只能先閉起眼睛，不讓自己過度想像。

「我發現森林裡的動物變得異常，就對森林下了詛咒，阻止病原體進入。」梅菲斯以平淡的語氣訴說道。

「這有用嗎？」白流星閉著眼睛問。

「我慢了一步，狼群還是被感染了。我沒有在剛發現的時候就殺掉牠們，因為我們曾經是朋友……不過現在牠們都已經不認得我了。」

——所以他才會在下手的時候猶豫嗎？

白流星想起梅菲斯來救他時，飛下來的樣子宛如天降神兵，但梅菲斯面對的卻是自己的故友，而且是牠們先攻擊梅菲斯的。梅菲斯在降落時已經徹底展現了威嚇力，但狼群仍舊讓他受傷。

「我是說那個詛咒……」白流星不想再提起狼群的事，「那真的有用嗎？」

「我在小屋周圍下了結界，不管是人類或狼群，都不會跑到我這裡來，你不用擔心。」頭髮洗好了，梅菲斯扶著白流星的脖子讓他坐起，接著又拿了一條熱毛巾攤開來，蓋在白流星的後頸和肩膀上、按摩頸椎。那力道下得剛剛好，好像梅菲斯就是知道他僵硬的脖子需要這麼重的力道，白流星也只好閉上眼睛乖乖享受了。

「那你呢？他們進不來，但你會飛出去。」白流星問。

「我不會生病。」梅菲斯回答。

「因為你也是α？」

「人類的α最終也會染疫，只是時間早晚，但我不會。」

「為什麼？」白流星想知道梅菲斯的自信從何而來。

雖然他在這間森林小屋裡，也感覺不到這附近發生了什麼嚴重的傳染病，因為自從他來到這個世界後，就沒有接觸到真正的「人類密集居住地」。他之前接觸到的村民都是「跑出來」的，他至今尚未親眼見識這裡人們的生活。

「距今三百年前，人類群體也出現過類似的病症。」梅菲斯繼續說道，「當時，我的族人研究他們的疾病，發明了解藥。」

「……什麼？」白流星聽了很驚訝，他轉過頭，看到原本應該是面無表情的梅菲斯臉上，出現了不甘心的神色。他不懂梅菲斯為什麼會有這樣的情緒，只見對方深吸一口氣，像為自己戴上面具——用力把他的頭轉了回去！

「啊！」

梅菲斯移動白流星頭部的時候，順便「喀」地整骨了一下。白流星因為沒有預期到脖子會被扭轉，嚇到叫出聲，之後卻覺得頸部肌肉變得比較放鬆，肩膀也沒那麼緊了。

「對了，你剛剛說有解藥？」

「以前有。」梅菲斯道。

「那現在呢？」

梅菲斯再次迴避了白流星的目光，裝忙般地把舀水的水瓢、裝洗髮精的小瓶子等收集起來，放到一個小籃子裡。

「現在呢？」白流星堅持問道。

「我們天生就有比人類更長的壽命，只是人數稀少。三百年前，我的族人消滅了傳染病，人類休養生息了幾年後，卻開始謠傳說，我們族人可以治病！」

「可是，你們不是……」不是你自己說的嗎？白流星不解。

「人類開始獵殺我們！他們砍下族人的翅膀，拔下我們的牙齒、指甲，把那些當成免疫疾病的護身符，並高價出售。」

「……」白流星愣住了，他為自己的多嘴感到後悔。

「我們族人一下子減少了許多，剩下的都各自逃走了，我是這一帶森林裡唯一的一個。」

「你沒有找到其他人嗎？」

「我找到了你。」

「什麼意思？」

「……」梅菲斯抽出頭上的髮飾，漆黑長髮奔流而下，貼在他的腰上。

「你！你幹什麼！」

梅菲斯開始解開襯衫鈕扣。他平常在家大多都只穿著白襯衫和長褲，但襯衫的釦子不會全部扣起來，總是會留下領口的兩顆，露出鎖骨和一點點的胸線。如今他把釦子全部解開，兩條手臂像伸展翅膀似的，將前襟敞開、卸下袖子，白流星得以窺見他的上半身——從自己的手指縫窺見的。

「你幹嘛脫衣服……」

從梅菲斯手指的觸感，白流星就能得知他一定是個不善粗重事務的人。因為那雙手在自己身上摸過好幾次，也曾沿著自己的下體摸到後面最隱密的地方，所以白流星知道梅菲斯的手指修長而纖細。

梅菲斯的皮膚是很細緻的，沒有粗糙長繭的地方，但是這也不會讓他有文弱書生的感覺。梅菲斯的骨架偏大，他的手指就像一層柔軟的絲綢包裹在堅硬的骨骼外面，皮是軟的，但那手指插進來的時候，卻硬得一點都不馬虎。

就如他插進來的肉棒一樣。

梅菲斯解開褲頭的綁帶，白流星遮臉的手指慢慢放下。他盯著梅菲斯的動作，雙腿慢慢彎縮起來。梅菲斯像在拆開綁禮盒的絲帶，好像等一下就會跳出什麼驚喜似的，然而白流星卻不敢太期待。

「你……你想幹嘛？是看我身體康復了，就想做了嗎……」白流星不敢承認，但他覺得自己也變得有點奇怪，還賴在浴缸裡做什麼？不逃跑嗎？為什麼要眼睜睜看著梅菲斯像優雅的模特兒一般脫衣服，心裡居然還期待當禮物包裝紙全部拆掉後，會是什麼樣子？

「我找到了你。」梅菲斯把自己脫得一絲不掛。

他跨進浴缸，白流星趕緊把臉轉過去，不想看到那在雙腿間晃來晃去的肉莖。

梅菲斯和白流星面對面坐著，他伸長著腿，一副好整以暇的模樣。白流星卻抱著膝蓋，將自己縮起來、縮到了浴缸尾。

「我們不需要去管外界發生了什麼事。」

「……」白流星愣了一下，梅菲斯的話將他喚回現實。

白流星突然想起梅菲斯不讓他出去的理由，是因為森林裡有怪物、外面有傳染病嗎？

還是想將他困在小屋裡生孩子？

他之前以為，梅菲斯就是想讓他生孩子才不讓他離開的。森林裡有一些野獸很正常，因為這裡是奇幻異世界。但是，如果森林外面成了不能靠近的人間煉獄，那麼，自己來到這個世界，不就只剩下生孩子一途了嗎？

不管往何處跑，竟都只剩一條被掐斷的道路。那種未來，白流星不敢想像。

「你在想什麼？」梅菲斯問。

白流星驚訝地抬起頭，發現梅菲斯看著他的眼神，像在看一隻很想躲起來、但身體卻仍有大半露在外面的小動物。梅菲斯好像覺得很好玩的樣子，似笑非笑的，似乎是想逗弄這隻小動物。

「為什麼要躲起來？」

「我沒有躲……」也沒地方躲。

白流星縮著身體，把自己抱成一顆球，「生下小孩，然後呢？你要趕我走嗎？」

「我說過那種話嗎？」梅菲斯顯得很困惑。

他的困惑讓白流星有一種安心的感覺，雖然只有一點點而已。

「那不然……你要怎麼處置我？」

「我還沒想到。」梅菲斯望著白流星的眼神，轉變為充滿溺愛與無奈，宛如在看著一隻迷路的小狗，「你覺得呢？」

「我不會幫你生小孩。」白流星低著頭。

「為什麼？」

「如果只有我們兩個人的話……我可以……接受。」這也是白流星的底線了。

梅菲斯的顏值和身材都不是他討厭的類型，甚至，只要一直盯著梅菲斯的臉，就會讓他臉紅尷尬，連心跳也變得有點不自然。

他也不討厭梅菲斯的個性，雖說對他並不是十分了解，但梅菲斯的聲音很好聽，他願意聽梅菲斯多說一點。

「我預計生四個小孩，兩個男生、兩個女生，他們可以一起玩，也可以兩兩作伴——啊，不，性別不重要，是α、Ω或β也不重要，但是如果會飛就好了。」梅菲斯自顧自地說著，然而白流星的神色卻暗了下來，他瞪著梅菲斯。

「我不會生小孩！」

「你的生理機能應該是正常的。你知道你的信息素是什麼味道嗎？是蘋果香，而且是青蘋果，很澀。」

梅菲斯靠近白流星耳邊，熱氣吹在白流星的耳朵上。他低沉的嗓音彷彿變成了另類的信息素，讓白流星吞了一口唾沫，忍住從體內竄升的熱潮。

「我……我沒辦法接受……」身軀外側是熱的，有浴缸裡的熱水與男人的呼吸、體溫，但白流星的內心卻是冷的，「我不想要那種東西在我體內生長、從我身體裡跑出來……我知道我跟別人不一樣……」

淚水從他的眼角被擠了出來，埋藏在心底多年的話也是，「跟別人不一樣」像個詛咒，連說出口都讓白流星感到罪惡。

「我知道Ω可以懷孕生子，我知道因為有這樣的身體，所以大家都會說那是我們的天生使命，所有人都是這樣看我們的……但我不想要……我不想要——即使我愛你——！」

突然，白流星愣了一下。

梅菲斯好像消失了，熱水也變涼了，他整個人像被抓到另一個時空、被關進一個意識的牢籠內，好像有什麼地方不對勁——這個世界似乎不是真的？

我愛你？

白流星嚇到了，自己怎麼會對梅菲斯說出這種話？

——我才剛認識他……

耳鳴的巨響猝然襲來，白流星滑進水裡，浴缸好像變成了一個巨型水槽，他快要在裡面溺死了。他掙扎地想要游出來、胡亂揮舞著手臂，終於抓住浴缸邊緣——大口吸氣。

吸了氣、吐出來，再吸一口氣，他聞到梔子花的香味。

「……好一點了嗎？」

梅菲斯的聲音傳來，白流星猛一轉頭，才發現梅菲斯並沒有消失——他或許從頭到尾都沒有消失。梅菲斯正用擔心的神情望著白流星，並散發出信息素來安撫白流星。

「你好一點了嗎？」

「……」水珠沿著白流星的臉頰滑落，他一隻手仍抓著浴缸邊緣，但臉上像看到了什麼恐怖的東西，他不再相信眼見為憑，「我……我是不是很奇怪？」

梅菲斯搖搖頭。

「我怎麼可能不奇怪？」

「你是我好不容易遇到的Ω，我的Ω。」梅菲斯的眼眸專注又深情，甚至都要讓白流星覺得，這個人好像不是梅菲斯了。

「……」白流星下意識摸了摸自己的後頸。

Ω和α之間有一種特殊的親密關係，叫做標記。具體做法是由α咬Ω的後頸，被標記的Ω從此就會被該α一人綁定，不會再對其他人發情，也無法接受和別的α發生關係。一旦發生，生理上就會產生噁心、抗拒的反應。

但是，正常人是看不到自己的後頸的。

「梅菲斯，你幫我看一下，我脖子後面有咬痕嗎？」白流星撥開髮絲，背過身子讓梅菲斯看他的後頸，「有嗎？」
他忘記了自己的過去，也忘了自己生命中是不是有那麼一個特別的人存在。如今，身體上的痕跡是他最後的線索了。
「有嗎？梅菲斯？梅菲斯！」
梅菲斯沒有回答，白流星聞到α的信息素變得濃郁。
「你怎麼……？」他不解地回頭，卻看到梅菲斯的眼神變得陰沉，「為什麼……？」
香氣太過濃郁，好像要讓他整個人昏死過去，卻也讓他沉迷其中。他本來想遮住口鼻，理智告訴自己必須逃開，但他的手指沒有掩上兩頰，反而大大吸了一口氣。他的眼眸睜大，看著梅菲斯抓住他的手腕，藍眸因為激動而變得鮮紅。
「生下我的孩子！」梅菲斯緊緊抓住白流星的手腕，彷彿要把那纖細的手骨折斷一般，指頭在白流星的肌膚上留下紅印，「為此，我將不惜代價！」
「你在說什麼……啊……」
白流星被梅菲斯拉進懷裡，臉頰被迫貼在梅菲斯的胸膛上，聽到男人的心跳聲像擂鼓作響，感受到男人的肌膚滾燙出汗。
「不管要多少我都會射給你，即使你哭著求我，我也不會停下來。」梅菲斯一手抱著白流星的背，將他用力壓向自己。

白流星用剩餘的那隻手抵在梅菲斯的胸前，想要拉開一段距離，但梅菲斯的手掌卻沿著白流星的背脊，往下從股溝探進蜜穴。

「不要！會有水！水！啊啊……」白流星挺起了腰，這讓他的背脊在無意間挺出了一條性感的曲線，在他面前的男人也有著性感的肌肉線條，他不知道自己和對方這模樣有多般配，「梅菲斯，住手……」

「你想要我進去。」梅菲斯在白流星的耳邊低語，那嗓音簡直要讓人懷孕，「不要拒絕我，流星，不要說『不要我』，那樣很傷人……」

「啊啊！」

梅菲斯的手指在蜜穴裡摸到了溼滑的黏液，白流星也感覺到了。這具身體早在聞到α信息素的時候，就隱隱期待著什麼東西入侵，因此身體早就在分泌潤滑的液體了。

「沒有，我沒有想要……」白流星搖著頭，但梅菲斯卻吻住了他的嘴唇，間接讓他的腦袋無法亂動。

身體裡面有梅菲斯的手指在擴張，嘴裡有梅菲斯的舌頭舔過貝齒和敏感的舌側，白流星覺得自己彷彿被他馴服了。對方一直在引誘他的舌頭，好像在叫它離開舒適圈，也伸到別人的嘴裡看看，不要客氣。

白流星逐漸鬆懈下來，在被舔吻的過程中嘗試探出舌尖。梅菲斯的嘴唇嘗起來好甜，初嘗味道後就停不下來了。他主動和梅菲斯接吻，同時被吻得腦袋發暈。

他堅持抵在梅菲斯胸前的手慢慢軟化，手肘放鬆下來、握成拳頭的手指也慢慢鬆開，最後整個手掌平貼在梅菲斯的胸肌上，並沿著鎖骨抱住他的肩膀。

兩人的身體互相貼合的那一刻，梅菲斯鬆開握著白流星手腕的手，手指也從蜜穴中抽出，因為他想用雙手擁抱白流星，將這一吻變得綿長。

他們都緊緊擁抱著對方，原本已經快涼下來的水，好像逐漸變溫、變燙。

一吻結束，分開的嘴唇中間牽連著一條淫靡的絲線，那彷彿是一種剪不斷理還亂的證據。梅菲斯捨不得地舔了舔白流星的嘴角，並將自己的額頭靠在白流星的額頭上。

白流星卻露出悵然不已的神色，他看著梅菲斯的臉，視線被淚水模糊，「梅菲斯，我是不是……在哪裡見過你？」

「你怎麼會忘了我呢？」梅菲斯耳語著，他親吻白流星的額頭，讓他落下淚來。

「但我才剛來到這個世界……我不可能、認識你……」

——你是誰？

白流星還沒來得及問出口，梅菲斯就用雙手托著他的臀部，迫使他往下坐。

「啊啊啊！」

男人粗大的肉棒直接捅進來，白流星瞬間又痛又爽，呻吟的同時也濺起了水花，然而他發現自己一點都不抗拒這個男人的身體和行徑。

矛盾和快感直竄腦門，讓他無法思考。他雙手抱著梅菲斯的肩膀，出乎自己意料地，用力吻住了梅菲斯的唇。

他的舌頭伸進梅菲斯嘴裡，勾引梅菲斯也伸出舌頭與其交纏。白流星叼咬梅菲斯的下唇，對方就用吻來讓他別那麼調皮。梅菲斯用力地吻他，快要讓他沒有餘地呼吸，他只能抬起頭，像鯨魚浮出水面換氣般，梅菲斯也就順勢親吻他的下巴。

兩個人彷彿用唇與舌頭在互相追逐，親吻的範圍也從嘴巴擴散到脖子、肩膀。梅菲斯舔舐著白流星的胸口，將那如莓果般慢慢挺立的粉色乳頭，含進口中。

「嗯嗯……嗯……」

酥麻的感覺蔓延，被吸吮的乳頭好像越來越脹了。另一邊則因為沒有進到梅菲斯嘴裡被撫慰到，而感到很不滿。

白流星不由得挺起了胸膛，可以感覺到自己的心跳正在加快。他抱著梅菲斯的腦袋，在呼出一口熱氣的時候，嘴裡馬上被梅菲斯的吻填滿。

「唔唔……」

梅菲斯的唇舌離開了那小巧可愛的乳頭，在與白流星接吻的時候，他的手不忘馬上遞補，將粉色的凸起慢慢捏紅。

服。

「唔唔……嗯……」白流星閉上眼睛，雖然表現出皺著眉的樣子，但他其實感到很舒服。

梅菲斯太溫柔了。他輕柔地吻著白流星、溫柔地愛撫他的乳頭，後穴也被脹得滿滿的。梅菲斯沒有動得很激烈，而是慢慢地動，慢到底下的水面只是左右飄搖，而非掀起風暴。

這樣慢慢地做，好像做進了白流星心裡，讓他想要跟這個男人貼在一起，久久都不分開。

「梅菲斯……」他抱著梅菲斯，同時親吻他的額頭和眼瞼。他把頭靠在梅菲斯肩上，漸漸覺得不夠快了，那他就自己扭腰，由他來讓水波晃動。

「梅菲斯！梅菲斯……！快點……」

對方都這麼說了，梅菲斯就像獲得了允許，立刻讓水花四濺。他把白流星抱起來，讓白流星背對著他，雙手扶在浴缸邊緣。

體內的肉棒突然被抽出來，讓白流星不情願地往後看，回頭的模樣十分性感。梅菲斯扶著自己又脹了幾分的性器，分開兩片臀瓣，重新插進白流星體內。

「呀啊啊啊——！」

白流星尖叫呻吟，全身也覺得一陣緊縮。他的屁股被抬高，最敏感的地方被發現、被頂到了，他能感受到後穴深處的顫抖，那裡就像被開採的花蕊，正在期待α播種。
「不要啊……不要！唔唔……嗯嗯……」
從裡面竄升的快感變得更加強烈，男人的陰莖在內裡摩擦頂弄，讓他差點發瘋。他的腰被抱住，感覺對方的胸膛貼在他的背上，把他抱得緊緊的。
「不要……不要射在我裡面！」白流星轉頭向梅菲斯乞求，換來的卻是對方的吻。
梅菲斯伸長了脖子去吻白流星，吻得兩個人的唾液都來不及吞下，然而白流星沒有因此迷失了記憶，他沒有忘記自己片刻前說過的話。
「不要射進來，求你了……」
梅菲斯吻去白流星的淚水，他抱緊白流星的身體，將自己的性器頂到最裡面，讓白流星尖叫顫抖，並在顫抖之中射精。
「啊啊啊啊！啊啊……啊……」
白流星的身體逐漸癱軟，力氣在高潮時全都宣洩光了。但他仍被男人抱著，梅菲斯的性器仍深埋在他的體內，還是昂揚的狀態。
「你要射了嗎？」白流星喘著氣問。
「我還想再待久一點。」梅菲斯蹭著白流星的臉頰，像在撒嬌似的，這讓白流星的情緒稍微緩了緩。

「你把我當成什麼了，放東西的嗎？」

「就是……」梅菲斯輕笑起來，「不想勉強你。」

「你不會聽我的吧？」白流星知道，每個人都是有底線的，不會有無限制的付出和無止盡的要求，「孩子就這麼重要嗎？」

「嗯，很重要。」

那一句淡淡的回覆，讓白流星的心情如墜冰窟。他突然覺得很難受，心裡很不舒服，眼淚頓時落下，一哭就停不下來。

梅菲斯卻只是抱緊了他。越抱，白流星越覺得胸口好像空了一塊，兩人的身體再火熱都填不滿。

「你放開我……」白流星推著梅菲斯圈在他腰上的手臂，「放過我吧！」

「流星……」

「放開我！啊啊……啊啊……啊……！」

梅菲斯一改先前的溫柔，與那宛如慢版曲調的動作。

濃熱的精液射進去了，白流星感覺到自己的肚子被脹得滿滿的，有些還從結合的地方擠出來了。後穴不斷在收縮，好像要把對方的精子當成什麼營養的東西，全部都吃進去。

「嗚嗚……」

白流星徹底沒力了，他的手沒辦法扶著浴缸邊緣，但梅菲斯抱住了他。

梅菲斯將他抱起，水也涼了。

白流星在他懷裡抵擋不住睡意，他聞到梔子花的香味，聞到……

不，是聽到。

「我愛你。」

是一個男人的聲音，他不確定是不是梅菲斯的聲音，但如果不是梅菲斯的聲音，那會是誰的呢？

眼皮太重了，白流星無法睜眼看清說話的人是誰，就連梅菲斯的嘴唇是不是在動，他也無法得知。

「我愛你，流星。」

他知道自己被梅菲斯抱進室內，男人是用公主抱的方式捧著白流星的，所以他可以感受到自己的腳在空中輕晃。他被放到床上，房間已經收拾過了，先前藥水的味道都完全消散了。

梅菲斯幫他擦乾身體、頭髮，動作好輕好輕。

他完全闔上眼了、累到張不開了。

梅菲斯親了親他的嘴唇，又低聲道：

第三章

「我愛你。」

為什麼要說愛我呢？你又不認識我……白流星迷迷糊糊地想著，卻沒有得到答案。

第四章

白流星醒過來的時候，發現自己在一個溫暖的懷抱裡。

梅菲斯的手臂環著他的腰，呼吸吹到他的後頸，胸膛貼著他的後背，大腿壓在他腿上，雖然有點重，但是很紮實。這種擁抱是一種占有，男人將屬於自己的東西緊抱在懷中，不讓他離去。對方如此的占有讓白流星感到安心，因為自己還被需要著。他可以聞到被窩裡有股淡淡的梔子花香，但他在安心之餘又有一種可恥的罪惡感。

自己對梅菲斯並不了解，難道自己只要是隨便一個菁英α發出的信息素，都會感到安心嗎？給α隨便抱幾下、親幾下，自己的身體與意識就會慢慢融化？

——天啊，還在裡面！

他小心地挪動下半身，想讓埋了一夜的陽物從自己體內退出。他不敢相信自己就這樣睡著了，還睡得挺好的，除了醒來的時候下面有感受到一點異物感。

「什麼時候放的……」

自己到底是多累才會睡到不醒人事，連被插入了都不知道？

「出去……」

挪動的時候，即使他不願意，兩人結合的地方還是會讓白流星有感覺。因為那部位本來就布滿了敏感的神經，輕輕碰一下也會……但感受是不是舒服的，就另當別論了。

「啊……！」

白流星的動作很快就被後面的男人發現了。

梅菲斯抱緊了白流星，並將自己的身體刻意壓過去。白流星不禁驚呼，因為那本來想要讓它退出來的陽物，居然又插回去了，他剛才的努力立刻化為烏有。

「梅菲斯……你醒了吧？」白流星用手肘輕推著背後的男人，但對方像一條軟爛的大型犬，撒嬌似地磨蹭著他的後頸，「你在做什麼啊？真不像你……」

「那怎麼樣才像我呢？」男人的聲音十分慵懶，低沉又性感，白流星聽了心癢癢的，但他還是覺得「不能這樣」。

「你出去啦！」

「啊，真想跟你做愛做一整天。」

「你不要太超過喔，又不是在休假……咦？」白流星脫口而出，但說完又覺得很奇怪，自己怎麼會說出這種話？就好像自己以前也跟誰這樣睡過一樣。

「呃呃！」

「流星？」梅菲斯一驚，他摸著白流星的臉頰，讓白流星能轉頭看他，「怎麼了？」

「我只要一回想起以前的事，頭就會很痛……梅菲斯，我以前、是不是發生過什麼不好的事，我的潛意識才會抗拒去回憶？可是，如果想不起來，我就無法得知自己是誰，那我該怎麼前進才好？」

「為什麼要想著前進呢？你想要去哪裡？」梅菲斯笑著問。

看到梅菲斯溫和的微笑，白流星陡然一愣，好像只要有他陪在身邊，什麼都忘記也無所謂，「你好可怕。」

「是嗎？」梅菲斯的口氣很平淡。

「你這麼簡單就能讓我放棄思考了，如此一來，如果你要對我做更過分的事，我好像也不會拒絕。」

「那我得把握機會了。」梅菲斯突然翻過身，將白流星壓在身下。

白流星皺著眉頭，感覺到那插進來的陽物好像有變大的跡象。梅菲斯也跟他一樣，棉被底下的身軀一絲不掛。緋紅爬上他的臉頰，他和梅菲斯面對面望著彼此，男人用認真而深邃的雙眼凝視著他。

梅菲斯的眼眸如大海一般，海面上沒有風浪，不代表海底就沒有暗潮。白流星不懂對方在想什麼，但他不敢問出口，那樣太煞風景了，而且也對目前的情況沒有幫助。

「你想做嗎？」白流星故意看向一旁，因為跟梅菲斯對視太羞恥了。梅菲斯的眼神不僅是凝視他，還像在審視他，像要把他的自尊心撇除，讓他只能在欲望面前臣服。

「我想做。」梅菲斯不加掩飾地回答。

掩飾，或許在兩人之間是沒有必要的吧？

男人的陰莖都插在他裡面了，這時候才要來談情說愛、搞曖昧，順序是不是弄錯了？

「你要做就快點——」

冰冷的語氣融化在梅菲斯的熱吻裡，白流星被吻得停止了思考。狡猾的舌頭鑽進他的嘴裡，彷彿在往他的心裡不斷敲門，害他的心跳得好快。

梅菲斯一邊吻他，一邊緩慢地動，把他上面和下面的嘴都堵住了。一團火彷彿在白流星的體內燃燒，找不到出口。

兩人的身體漸漸出汗，白流星的手也慢慢攀上梅菲斯的肩膀。梅菲斯仍舊吻著他，簡直要把他嘴裡都舔過一遍了，還不放棄，連嘴角和下頜都要啃咬。白流星抬起頭，男人就吻他的脖子，吻得稍稍用力了點，留下了花瓣般的痕跡。

白流星將手從肩膀移到他的後頸上。梅菲斯一邊吻、一邊緩緩加快往上頂的頻率。白流星覺得自己像一灘水，早就化掉了，他陷在床和梅菲斯的身體之間，梅菲斯把他往下壓，床又給他一個反彈的力道，他整個人根本沒有選擇要去哪裡的餘地。

他只能抱緊梅菲斯的肩頭，聽到自己的呻吟和喘氣聲越來越大，視線也越來越模糊，於是他閉上了眼睛，專注享受做愛的快感。

「我……我快要……梅菲斯、我好像快要……」

「嗯，我幫你，我就在這裡。」梅菲斯握住白流星的性器，刺激它射精，他也在白流星高潮的時候射在了對方的體內。

這一次的性愛做得隱密又簡單，床鋪沒有太大的震動，棉被也都還蓋得好好的。彷彿兩人早已熟悉這種事，所以可以利用早晨賴床的短暫時光來解決。

白流星打從心底覺得不可思議，梅菲斯什麼時候變成安穩的代名詞了？難道真的如他所說，做著做著，自己就變成他的人了？

梅菲斯靠在白流星身上喘氣，他親了一下白流星的嘴唇，然後將自己的性器抽出來，「你餓了嗎？」

「嗯，很餓。」

「我去準備一下。」梅菲斯依依不捨地親了第二下、第三下，才下床穿上衣服，走出房間。

白流星躺在床上，疲憊感爬上全身。他嘆了口氣，心想自己會不會精盡人亡？再做下去好像就要變笨了。梅菲斯可以神清氣爽地到處翱翔，但他是會累的啊！Ω天生體力就比

α差，很多事情不是光有意願就能做到的，還要有匹配的體力。

以學業來舉例，Ω和α兩種人一開始讀書的進度相同，但體力好的人當然可以多讀一點，而體力比較差的那個除了讀得慢，還得應付一個月一次的發情期，一次就得休息個三到五天，等於一個月就會落後對方三到五天的進度。這樣長期累積下來，一定是體力好的那個考出來的分數會比較高，所以師長、乃至整個社會，都會對這樣的人寄予厚望。

這就是α，他們有天生的優勢。

而白流星是打從出生起，體能就輸人家一大截的Ω，還要跟α站在同樣的起跑線上競爭，跑不過人家，就會被說是不夠努力……

「原來我以前是過著這樣的生活？」白流星喃喃自語，「所以我才會一直勉強自己？即便不知道逃跑的方向，也要一直往前？」

不知道為什麼，鼻子有點酸酸的。

「流星。」梅菲斯回來了，手上抱著一大束的麥穗，「你怎麼了？」

「啊……」白流星趕緊收拾好情緒，不想讓梅菲斯發現，自己也不想再深入探究。他坐起身，看到那束麥穗……

「你又想幹嘛？」他馬上露出厭惡的表情。

「下來，早餐準備好了。」

「這麼快？我都沒有聽到做飯的聲音……」

「下來。」梅菲斯把麥穗丟在地上。

「這種事到底有什麼意義？」白流星微微噘起了嘴，那模樣倒是像在對男朋友生氣，而男朋友偏偏不懂他的心。

「下來。」

「你不解釋清楚，我就不動！」

梅菲斯邁出步伐、伸出了手，一副想將白流星從床上拖下來的架勢。白流星也發現梅菲斯好像生氣了，他嚇得將身體縮成團，這讓梅菲斯立刻止住了手。

他的手在抓到白流星之前就停在空中，收了回去。「我今天要去抓青蛙。」

「啊？」白流星抬起頭，一臉錯愕。他問東、對方答西，這都是在搞什麼啊？

「請你下來。」梅菲斯的口氣變得比較有禮貌了，但那並沒有解除白流星的疑惑。

「為什麼你一定要我尿在……那個上面？」衛生問題白流星就先不管，因為那可以用魔法神奇地解決，就像憑空變出早餐一樣。但他想先解決羞恥的問題！

「如果麥穗開花，就代表你懷孕了。把公的青蛙放在懷孕的Ω肚皮上，可以安胎。如果青蛙突然死掉，那就表示要生了。所以我要去抓青蛙，以備不時之需。」

「……」白流星覺得好像有什麼碎了一地，原來是他的三觀，「那是你們這個世界的設定嗎？」

「設定？」

「我不是你這個世界的人，你還記得吧？」

「你是從很遠的地方來的。」

梅菲斯一副他很懂、但他其實不懂，卻也不會承認的高冷模樣，讓白流星白眼都快翻到後腦杓去了。

「我以為我們可以溝通，原來都是我一廂情願的嗎……？啊，對，都是我一廂情願，不然你也不會在我叫你不要射進來時，還拚命地射……」白流星講到一半，自己就先臉紅了。他下意識摸了摸肚子，祈求這裡面千萬不要有東西出現。

「餓了？」梅菲斯指著地上，「餓了就快點下來。」

「……」白流星沒辦法，他也需要越過這一關才能去洗澡。

白流星忍著羞恥下了床，咬牙迴避梅菲斯的目光，趕快尿完趕快結束。

麥穗是不可能開花的，因為梅菲斯拿來的麥穗都是金黃色的，代表這已經從田裡割下來不知道放了多久，早就沒有了養分的供給，怎麼可能長出花苞，遑論開花呢？白流星不知道要怎麼跟對方說，但他認為，最好讓梅菲斯認為他沒有懷孕、不能懷孕，那梅菲斯也許就會放棄了。

梅菲斯看到麥穗沒有開花，眼裡難掩失望，但他沒有阻擋白流星，白流星就趁這時候跑出了房間。

浴缸裡一樣備好了熱水，白流星洗好出來後，看到梅菲斯還待在客廳。他在壁爐前烤火，伸出修長的手指，感受著熱氣。

「你還沒有要出門嗎？」白流星開口，他看到餐桌上已經放了一盤餐點，一樣是烤吐司和太陽蛋。

「我正要跟你說，我不打算讓你出去了。」

聽到梅菲斯的話，白流星一愣，「為什麼？」

「還需要我解釋為什麼嗎？」梅菲斯冷冷地反問。

「……」白流星無言以對，他已經搞不清楚到底是誰對誰錯了。

「你吃吧，我今天會早點回來。」

「不回來也沒關係……」

梅菲斯盯著白流星盯了半晌，白流星不想面對他的視線，反正肚子也餓了，還是趕快去吃早餐吧。然而梅菲斯卻脫下自己的披風，披到了白流星身上。

「給你，你不是喜歡我的衣服嗎？」

「我哪有……」白流星馬上就想否認。雖然他的確是只要聞到梅菲斯身上的香味，就會想多吸幾口，但他還是忍住自己的欲望，把披風塞還給梅菲斯，「不需要！」

「好吧。」梅菲斯嘴角帶著一抹微笑，出門之前，瞥了站在餐桌椅上的貓頭鷹一眼。

「看好他！憑你的身手居然會被制伏，你這樣還想當什麼保鑣——你說你要辭職？」

梅菲斯雙眼圓睜，下巴快要掉下來。

白流星沒看過梅菲斯如此「人性化」的表情，於是挑了挑眉，感到很有興趣。

「你不知道森林裡的狀況嗎？你辭職要去哪裡……什麼？叫我不要管你？」

白流星在梅菲斯和雷米之間看來看去。梅菲斯一臉訝異，但雷米仍舊像療癒的寵物，就是站在那邊不動，一張圓圓的臉蛋很是可愛。

「我沒有虧待過你，你怎麼可以忘恩負義——你說我找來的Ω太難搞？叫我重新去找一個？」

梅菲斯望向白流星，但白流星對他投以懷疑的眼神，懷疑這都是梅菲斯自導自演，雷米不過是一隻普通的貓頭鷹，動物是不可能說人話的。

「不准再說那種話了！還有，不要在流星面前都不出聲，你會讓我看起來像對著貓頭鷹說話的白痴——！我知道你是貓頭鷹！我不是在歧視你，我的意思是……」梅菲斯講到一半，發現白流星的眼神從懷疑變成了同情。

他一定是在森林裡住太久了，平常都沒有人跟他說話，現在終於瘋到對貓頭鷹演起獨腳戲了——白流星的眼神就像是在這麼說。

「流星，我……」梅菲斯似乎有想解釋的意思，但一句話都沒講完，他就嘆氣，「算了，我會把門鎖起來，在我回來以前誰都不准出去——！包括你，雷米！」

雷米的頭轉了一百八十度，白流星當然是聽不到什麼「鳥語」，但貓頭鷹面無表情的樣子很萌，這讓他不禁笑了。

梅菲斯看到白流星的笑容，這才稍微放心，「流星，我會早點回來，如果你有什麼想要我帶回來的……」

「你可以帶給我什麼呢？」白流星在餐桌前坐下。

其實梅菲斯準備的餐點都是他喜歡吃的，但白流星確信自己是個不會下廚的人。

他喜歡不加調味料的太陽蛋，因為鋪在上面的起司會有鹹味，那就取代了鹽。他喜歡咬下去的時候蛋黃流到吐司裡，他會把蛋黃當成沾醬。他知道自己喜歡什麼，因為是「自己」，但梅菲斯怎麼會知道他喜歡什麼呢？

「你有想要的東西嗎？」梅菲斯問。

「地圖，我想了解這個世界，你幫我帶一些周邊地區或城鎮的地圖回來。」

「那可能會有點困難。要飛去人類城鎮會花很多時間，而且有可能把傳染病帶回來，我不想冒這個險。」

「做不到你就不要問！」

「……抱歉。」

梅菲斯默默離開了，門在他背後關上。小屋裡只剩下白流星一人，空氣也變得異常寂靜。

白流星心裡升起一股奇怪的感覺。自己怎麼會用那麼強硬的口氣對梅菲斯說話？而梅菲斯，他不是一個很厲害的α嗎？態度怎麼會變得那麼卑微？都有點不像梅菲斯了。

「他不是惡魔嗎？」白流星徒手拿起烤吐司，一口咬下，把蛋黃咬破。

❈

梅菲斯的小屋裡有白流星沒進去過的房間，他決定來探索看看，也許會發現新的線索或道具。

他打開一扇門，裡面是書房，空間比臥室還大。書架環繞著牆面，上面都塞滿了書，沒有一格是空著的。但最先吸引白流星的不是書，而是書房裡陳列著的骨骼模型標本和機關擺件。他不知道那些骨骼模型是以什麼動物為原型製作的，但看起來都是貓狗的大小，屬於小型動物。而機關擺件就讓他看了很久。

一個像大型地球儀的道具，表面散發著透明的光澤，好像是將某種晶石雕刻後拼接而成的。往拼接的縫隙內看去，裡面竟有小人、小房屋、小橋、流水。白流星將地球儀轉到另一邊，小人和房屋就變成另一種款式，這個大型地球儀裡好像有分層，每一層都住著不同的小人。

他又觀察起旁邊一座像水晶城堡的模型，表面也是拼裝起來的晶石，內部有小人在挖礦。礦坑、礦道做得很複雜，小人像在搭雲霄飛車，載著滿車的寶石飛竄。裡面也有像主管的人，伸出一根食指、指揮其他小人做事，趾高氣昂的樣子讓白流星看了不禁發笑。

還有一座黑色的山，山稜蜿蜒，一群揹著籮筐的小人在上面走著。有人差點要掉下去了，有些小人表現出很驚訝的樣子，每個小人都雕刻得維妙維肖。白流星把一整座山翻轉過來，背面有一個凹洞，裡面住著一隻紫晶色的鳥，整座山都是牠的鳥巢。白流星摸了摸鳥的羽毛，不知道是用什麼材質做的，觸感摸起來很真實，該不會是標本吧？

總括來說，這些都是製作精巧的袖珍藝術，但是跟梅菲斯的形象很不搭。白流星想像男人坐在書桌前，聚精會神地做手工藝的樣子，那情景……好像也不是太奇怪。因為梅菲斯不像是個外向的人。

一定有很長的日子裡，梅菲斯都是一個人生活，那他要怎麼打發漫長的時間呢？這世界沒有手機、電腦，又不能追劇，那做做手工藝好像就挺合理的。

白流星一邊想著，沒注意到自己的臉上泛起微笑。

他順著書架，隨便把一本書抽出來翻，發現裡面都是看不懂的文字。他又翻了幾本，也是同樣情況。

「尷尬了，那會不會有地圖我也看不懂？等等……」

白流星心底冒出一股奇怪的感受。他之前就認為一個人是不會輕易改變的，即使來到異世界也一樣。自己對書、閱讀、文字都不感到排斥，那麼，自己以前是不是就是個需要大量接觸文書資料的人，或是從事相關的工作呢？

「我難道是……作家？」白流星說完，搖著頭笑，「怎麼可能？我又沒有想像力……」

他又翻了幾本書，直到看到書中的一張插圖，嘴角勾起的弧度才慢慢消失。

避孕藥對Ω來說，是世界上最偉大的發明之一。它讓Ω不用再受到懷孕生子的影響，可以盡情地求學、工作，選擇自己想要的生活。有些避孕藥還有發情期抑制劑的效果，一般人在藥局就能買到。

也許有人會說，懷孕又怎樣？孕婦孕夫就很了不起嗎？很多人在預產期前一天都還在工作，生完一個月後也能馬上回到職場，做不到是你的問題——但那真的是正常的現象嗎？

白流星下意識摸了摸自己的小腹，扁平一片。

明明該是由他作主的，畢竟這是他的身體，卻有很多人都對它抱持著意見。

書房裡有一張調配藥劑的桌子，上面有很多瓶瓶罐罐和研磨用的缽碗。白流星拿起了一個小瓶子。

「即使不能往前，我也不想任人擺布。」

✽

「啊啊……啊……」

豆大的汗珠從額頭滾落，白流星靠著牆壁坐在地板上，腹部的劇烈疼痛像針刺一般，讓他忍不住壓著自己的肚子。

「呃……啊……」

貓頭鷹雷米飛到櫃子最上方，面無表情地看著白流星。

「這次不是騙人，我是真的很痛……」

雷米轉了轉頭，好像聽不懂。

……牠是隻鳥，怎麼可能聽得懂呢！

白流星不把希望放在雷米身上了。說實話，這也沒什麼好「希望」的，難道他還期待梅菲斯回來救他嗎？不，不可能，還是別多想了。

他抱著肚子、蜷縮著身體倒在地板上，不管那裡面有什麼東西，或是根本沒有東西，都……可能不會在了。只有這一刻，痛苦是他必須承受的。

他不想說這是懲罰，但這確實是他自找的，是他的選擇。

「對不起……對不起……」他咬著牙，眼淚卻流出眼眶，「啊啊……梅菲斯……」

他的意識逐漸朦朧，最後，痛得昏了過去。

「流星！流星！」

「他到底吃了什麼……流星！你吃了什麼？流星！」

是梅菲斯的聲音，而且聽起來很焦急。白流星感覺到自己被男人抱起、把他抱在懷裡，他聞到梔子花的香味變得莫名濃郁，但他的……他雙腿中間那一根卻沒有動靜，可能是身體狀況太差了，差到連勃起都沒有力氣了。

「你怎麼不早點通知我呢——你說我把門窗都鎖上，還用結界封死你出不去？所以是在怪我嘍？我才不相信我的魔法可以困住你！流星在我的小屋裡受傷，我都不知道要怪你還是怪我自己了！」

……是梅菲斯在跟雷米對話嗎？

白流星動了動手指，想睜開眼睛，但連眼皮也變得好重。

「流星？你怎麼樣？現在感覺怎麼樣？啊？」

「……」白流星的手始終沒有離開自己的肚子，當他意識到這點時，他愣了愣，是自己還捨不得嗎？

「流星？你一直冒冷汗，你哪裡不舒服，跟我說啊！」梅菲斯本來是看著他的臉，但白流星的手動了一下，他便轉動視線，望向那隻手所放著的部位，「肚子很痛嗎？」

梅菲斯變出光球，靠近白流星的腹部。白流星馬上覺得肚子上像放了一個暖暖包，疼痛是舒緩了，但他卻用惶惶不安的表情看著梅菲斯。

「怎麼了？」梅菲斯的臉上也透露著憂慮。

「我的……」白流星欲言又止，並意識到自己正躺在床上，梅菲斯在旁邊抱著他，「你回來了？」

「你吃了什麼？」梅菲斯先發制人，「我回來就看到書房被動過了，而你倒在地上，地上有個碗……裡面殘留的液體跟你嘴角上的一樣。能吃的東西我不是都放在餐桌了嗎？不夠吃嗎？所以才去我的書房找吃的？」

「不……」

「那是為什麼？為什麼要亂吃書房裡的東西？」
「我是想……」
不能告訴梅菲斯！白流星制止住自己的嘴巴。
隨著腹部的痛楚漸漸消失，白流星也想起了自己會這麼做的理由。
「什麼？」梅菲斯突然轉頭，看向站在櫃子上方的雷米，「你說流星是照著書調配的？什麼書？」
「梅菲斯！」
梅菲斯將白流星放在枕頭上，走出房間，又很快地走回來。
「這本嗎？」他舉著書，拿給白流星看。
「啊……」白流星啞口無言，他看著梅菲斯的表情，心裡十分不安。
「你為什麼要調配食譜上的料理？」
「什麼？」白流星挑眉，心情瞬間有墜落地獄的感覺，「什麼食譜？」
「這是食譜書。」梅菲斯把書遞給白流星，「你很餓嗎？」
白流星馬上翻到先前看到的插圖，「這、這裡不是有畫一個人嗎？」
「嗯。」
「是Ω！這個標誌代表Ω對吧？所以這個人是Ω？」

「是……」梅菲斯不太了解對方的意思。

「這裡不是畫了一個叉叉嗎？」白流星指著插圖上人的肚子，「這個葉子、這個果實，這個符號的瓶子我在你書房裡看到。要生火，所以我拿去壁爐那邊烤一烤了，加水烤到乾掉對不對？」

「是……」

「你覺得我很殘忍也無所謂，但這是我的身體啊，為什麼我不能自己作主呢？」

「不，我不懂的是，你為什麼要照著食譜——」

「這上面不是畫了一個Ω嗎？所以Ω喝下這種藥水就會……會……」白流星始終不敢說出口。

梅菲斯還是不懂白流星的意思，但他坐在床邊，耐心地指著書上的文字：「這上面寫的是調製雞尾酒的方法，懷孕的Ω不建議喝。而且你的步驟好像做錯了，果實先去烤一烤、再把皮剝掉會比較入味。這個葉子是裝飾的，最後再放就可以了。」

「……」

「至於我書房裡的小瓶子，那是我製藥的實驗臺，原料都是從森林裡獲取的，有些本來就是植物，但我還是不建議直接拿來吃……你有在聽嗎？」

「……」白流星木然地點頭。

「根據劑量和配方不同，藥也會變成毒，所以才說是『毒藥』。毒跟藥本來就是密不可分的。」

「你不知道我要做什麼，對吧？」

「……」梅菲斯半晌不說話。

「你不要再管我了，殺了我吧！讓我被森林裡的怪物吃掉！也好過這樣的生活！」

梅菲斯不知道在思索著什麼，他低頭不說話，無視白流星快要哭出來的樣子，那讓白流星更感到不安。他不知道梅菲斯會對他做什麼，但即使什麼都不做，光想著梅菲斯會對他失望，就讓白流星覺得心裡好像喪失了一塊。

「我帶回了一個東西，我去拿給你看，等我一下。」梅菲斯離開床邊，很快又抱著一個包裹在披風裡的東西，走了進來。他坐在床邊，把那東西遞給白流星看。

白流星疑惑地掀開披風一角……

「啊啊！」

披風被當成襁褓，裡面躺著一個沒穿衣服的嬰兒。嬰兒的皮膚皺巴巴的，臉上、頭皮上有一層黃黃的胎脂，表示這孩子才剛出生沒多久。

「你、你怎麼……」白流星驚訝到結巴，「你怎麼會有……不是，你跟誰生的？」

「不是我！」梅菲斯突然很生氣。

白流星把孩子抱過來，新生兒好小好小，臍帶都還沒掉，「是女生啊……」她雙眼緊閉、嘴唇乾癟，握拳的雙手僵硬地舉在胸前，姿勢很詭異。

白流星探了探孩子的鼻子和胸口，發現呼吸很微弱，但還有心跳。

「梅菲斯，這是一個嬰兒啊！你從哪裡弄來的？」

「我撿到的，在森林邊界。」

「撿到？這種東西怎麼可能撿得到？」白流星頓時也感到很氣憤。他覺得梅菲斯在說謊，但梅菲斯卻面無表情地聳肩，好像事不關己。

「可能是來尋求我的庇護的，但他們沒有撐到我出現。」

「什麼意思？」

「我去加強森林邊界的結界，光是詛咒阻擋不了像螞蟻一樣亂竄的人類。他們陷入絕望，如今只要有一個能收留他們的地方，加上不實的傳說與希望，他們就會當成避難所一樣往那邊遷徙。」

「你不打算接納那些人嗎？」白流星試探地問，並一邊觀察著梅菲斯的表情。梅菲斯在提到「人類」時，就會很冷淡。

「我發現這孩子的時候，她趴在一個男性Ω的胸口，推測是她的生父，才剛斷氣沒多久，皮膚還是軟的。」

「所以你就把嬰兒帶回來了？」

「不然要我繼續放在原地嗎？」

「不，我不是這個意思……」

從梅菲斯先前的說法來推斷，白流星認為他一定不會想救那些人。梅菲斯可能有能力製造解藥，也可能沒有，畢竟梅菲斯的祖先消滅傳染病是三百年前的事了。如果這個世界也有「病毒變異」，那病毒可能早就不知道變個幾百萬代了，梅菲斯祖先當年的解藥不一定有效。如果有效的話，梅菲斯願不願意把藥拿出來又是另一回事，畢竟他與人類的關係並不融洽。

「我還發現了這個。」梅菲斯拿出一條項鍊。

白流星接過項鍊，看到那上面串了好幾塊白白的東西，每一小塊都是立體長方形，邊角都被打磨過，「這是什麼？」

「我族人的手指骨。」

「……！」白流星驚呆了。

梅菲斯拿回項鍊，免得白流星的下巴掉下來，「人類把這個當成護身符。我發現他們的時候，項鍊是戴在孩子身上的，但這明顯是大人的尺寸。」

「你打算怎麼處置這孩子？」

「沒有證據顯示她的Ω生父和獵殺我族人的人類有直接關係，但會配戴護身符的，大多是富裕階級。無論如何，他們都脫不了關係，都是共犯。」

梅菲斯的說法讓白流星有個不好的預感……

只見梅菲斯變出紫色的光球，在襁褓上繞了一圈。

「我決定送她一個詛咒。這個孩子有生之年都會是我孩子的奴隸，她要照顧他、保護他，成為我孩子的矛與盾。她會是他最忠實的僕人，從此刻到永遠。」

「……」白流星有點搞不清楚，「她還只是個嬰兒……」

「所以，要養到她可以聽命令為止。」

「什麼？」所有的驚訝都寫在白流星臉上了，不過他懷裡還抱著嬰兒，便刻意壓低聲音，「你知道怎麼撫養孩子嗎？你家有準備孩子需要的東西嗎？我之前就想說說你了，一天到晚說要生小孩，等小孩真的出生了，你有辦法養嗎？」

「我可以調製類似於乳汁的東西。」

「調製？類似？」白流星的表情誇張、極盡嘲諷，因為這簡直是把養孩子當成扮家家酒，「不要跟我說你要拿化學的東西混在一起、攪一攪，看顏色差不多就給人家餵下去！這是真正的嬰兒！人類的嬰兒！一個還活著的嬰兒……！

「是說，她的手是不是有點奇怪？」

「她快要餓死了。」

「什麼！」

梅菲斯還是一副事不關己的口氣：「她營養不良，脫水脫得很嚴重。都沒發出聲音，是因為她已經哭到沒力氣了，這麼安靜倒是一點都不像小孩子。」

「那你快想辦法啊！弄點奶回來！」

「我知道了。」梅菲斯莞爾，他的反應出乎白流星意料。

「你笑什麼？」

「你好像趕我出去狩獵的妻子，我喜歡那樣。」

「說什麼鬼話！」

梅菲斯轉身離開了。白流星雖然沒有看見對方出門的樣子，但他能想像到梅菲斯張開翅膀的模樣。他曾以為那一雙黑色羽翼，是遮蔽月光的威脅，彷彿也遮住了希望，如今卻覺得那是保護傘。只要在梅菲斯的羽翼裡，就是安全的。

✻

梅菲斯帶了一碗狼奶回來。

白流星不知道要怎麼吐嘈，但那總括是奶的一種。這裡沒有奶瓶，於是他用湯匙餵給寶寶吃，當奶水慢慢滴進寶寶嘴裡的時候，她本能地張大了嘴。喝了小半碗後，她哭了，而且是哇哇大哭。

白流星不敢再餵，就怕她嗆到。他同時也把寶寶直立抱起來，讓寶寶的頭靠著他的肩膀，並輕拍她的背。

「梅菲斯！」他大叫男人的名字求救，「梅菲斯！」

梅菲斯手中變出白色光球，在女嬰的頭上繞了繞，「她沒事了。」

「她哭個不停，這叫做沒事嗎？」

「至少她還有力氣哭。」

「你……你這人……」這一切已經荒謬到白流星不想多說廢話。

「不要一直上下搖。」梅菲斯一隻手掌放在白流星背上，另一隻放在女嬰背後，用堅定又溫柔的力量，制止白流星為了哄孩子而造成的搖晃。

白流星半信半疑，但梅菲斯一用兩隻手同時抱住他和寶寶，寶寶就慢慢不哭了。梅菲斯把裝狼奶的碗拿過來，繼續餵。寶寶不太會吸吮，湯匙不是奶嘴，不算是一個好的餵奶工具，因此有一部分的奶水都滴到白流星肩膀上了，但寶寶還是喝進了一些，變得柔順乖巧。

「她很聰明。」梅菲斯微笑，他難得對其他人類表示稱讚，但白流星卻很疑惑。

「你在說什麼？」

「她知道自己現在該做什麼。」

「做什麼？」

「活下去。」

「……」

「也許她會很像你。」梅菲斯抬眸望向白流星，微笑的表情也順便捎了過去。

梅菲斯的帥氣與瀟灑，此刻就映在白流星眼裡，讓白流星不禁愣住了。他忽然想起梅菲斯說的那句「妻子」。

妻子與丈夫，他與梅菲斯嗎？

不，這太荒謬了，白流星制止自己再想下去。

他提醒自己，如今得照顧好寶寶。雖然這裡是異世界，很多法則或規律可能都與他以前的世界不同，但「小寶寶需要大人」這點總括是不會變的。就算不指望梅菲斯，這孩子如今能依靠的也只有他了。

「你過來睡一下吧。」梅菲斯看白流星一直抱著嬰兒走來走去。從房間走到客廳、又從客廳走到房間，小屋明明沒有多大，但白流星就是有辦法一直走，都沒停下來。

「我放下來她就會哭。」白流星小聲地說。

「不會的。」梅菲斯來到白流星身邊，摟著他的腰，將人帶到床邊，「你把上衣脫下來。」

「咦？」

白流星一愣，但梅菲斯熟練地把寶寶抱過來，並趁這時候把包裹寶寶用的披風拆開。他的披風上都沾到寶寶的口水、眼淚，還有方才餵食時流出來的乳汁了，但他只是挑了挑眉毛，沒有多說。

「為什麼要脫衣服？」白流星抓著襯衫前襟，不信任地瞪著梅菲斯。

「上去。」梅菲斯抬起下巴，指向床上。

「要幹嘛？」

「快點。」梅菲斯雙手捧著沒穿衣服的寶寶，寶寶因為脫離了披風布料的籠罩，接觸到空氣，溫差讓她馬上哭了起來。

「你到底在幹嘛？我剛剛才把她哄到不哭的！」白流星要抱回寶寶，但梅菲斯伸出手臂擋住他。

「上去，躺下。」

白流星辯不過這個男人，他脫下上衣，露出赤裸的胸膛，躺到梅菲斯已經布置好的枕頭上。梅菲斯將寶寶反過來，讓寶寶趴在白流星胸前。

寶寶重新接觸到人的體溫，肌膚相親的觸感與味道，以及大人的心跳聲和呼吸頻率，讓她逐漸安心下來。她沒有馬上睡著，但眼皮逐漸加重，也不再哭了。

「我在森林邊緣發現他們的時候，她就是這樣趴在生父胸前的。」梅菲斯坐在床邊，「你也睡一下吧。」

「如果寶寶趴著，不小心窒息了怎麼辦？」

「有我在。」梅菲斯擠在白流星身邊，一條手臂圈著白流星的肩膀，「會冷嗎？」

「還好……」背後靠著枕頭、胸前有體溫偏高的寶寶，白流星不會冷。但梅菲斯還是發動魔法，像重新拼裝模型一樣，重組室內格局。

客廳的壁爐被拉過來了，那裡一整天都燃燒著柴火，室溫稍微升高了一些。

「你晚餐也沒吃多少，要我幫你弄一碗湯來嗎？」梅菲斯問。

「不用了。」白流星摸著寶寶的後腦杓，那手勢之輕、之愛憐，「我怕吵醒她。」

「睡吧。」梅菲斯也輕輕摸著白流星的頭。

✿

翌日，白流星突然醒過來，發現自己的身體是側躺著，身上蓋著棉被，房間裡的火爐也不見了。他立刻坐起身，發現自己還是赤裸著上身。昨天發生的一切應該不是夢，但寶寶卻不見了。

他急忙衝出房間，沒有依照往常的路線去露天浴池，而是來到客廳。

客廳的壁爐依舊燃燒旺盛，但壁爐前多了一道長長的影子。有影子就一定有遮蔽物，那個擋住光線的東西是一座古典的嬰兒床。

但讓白流星停下腳步的不是嬰兒床，而是梅菲斯。

梅菲斯一邊抱著寶寶，一邊用一只小巧的奶瓶餵奶。寶寶穿著衣服，包在白色的紗布巾裡。紗布巾包得很緊，把寶寶包得像一條蟲，這除了有保暖的效果以外，更多是為了給寶寶安全感。

梅菲斯穿著披風，如同他每天早上的穿著，長長的披風衣襬顯得他身形修長。他低頭望著寶寶，目光是白流星意想不到的溫柔。

梅菲斯沒有發現白流星靠近，他全神灌注在寶寶身上，抱孩子的姿勢是那麼地流暢，寶寶也從未在他懷裡哭鬧，一點都沒有「新手爸爸」的感覺。

白流星怔怔地看著這一幕，心中百感交集。

他並非不喜歡小孩，而是……

不喜歡自己這副軀體，不想臣服於生下來是什麼樣子、活著就該是什麼樣子的世俗規範。不喜歡因為這副身體能夠發情、懷孕，所以自己就必須要跟著照做，好像他的肚子和容納胎兒的腔室，比他腦袋裡裝什麼還重要。

他更不喜歡生命的重擔落在自己手中的感覺。

抱著小孩的梅菲斯讓他有一家三口的錯覺，他看著那幅畫面，無聲落淚。

寶寶喝完奶後，梅菲斯趁著把奶瓶放在桌上的空檔，注意到白流星。白流星也因為接觸到梅菲斯的視線，趕緊伸手把眼角的餘淚抹除。

「你醒了。」

「嗯……」

白流星這才想起，他們昨天晚上沒有做愛，梅菲斯也沒有逼他尿在麥穗上。

「早餐準備好了，我要出門了。」

「你還要出去？」

梅菲斯把寶寶直立抱著，拍出了嗝，便把寶寶放到嬰兒床內，「我會早點回來。」

「外面的情況……很糟嗎？」白流星見梅菲斯把寶寶放下了，便走到嬰兒床邊，看著寶寶。梅菲斯走到門前，聽到白流星的詢問後又轉身。

「我要你答應我，你不會踏出這扇門。」梅菲斯沒有正面回答白流星的問題。

「你每天出去，到底是去做什麼？」

「這裡是我的森林。」

白流星覺得對方根本答非所問，「你確定一切都在你的掌控之中？」

「我總是能趕回來，不是嗎？」

「……」

白流星無話可說，但更多的是沉默帶來的壓力。梅菲斯的冷淡讓他無所適從，好像兩人之間的感情因為一天沒有做愛，就全部都變質了。不，他不該這麼想，他們從一開始就沒有什麼感情，自己不過是被這個惡魔強行帶回家的。

梅菲斯猶豫再三，還是折了回來，「如果你能對我說一句路上小心，我會很開心的。」

……**路上小心**。

白流星忽然愣了一下，因為這句話好像在哪裡聽過……

有誰，曾經對他說過，但他不記得了。

「流星？」

「梅菲斯，如果……如果我在原來的世界有很重要的人怎麼辦？那個人會不會因為我失蹤了，就一直在找我？還是，我其實已經死了呢？如果我死了，我不就回不去了，可是這個世界好像也是被死亡包圍……」

「誰？」梅菲斯眉眼一挑，周圍氣溫驟降。

「什麼？」

「誰、是你說的那個人？」

「我不知道……」白流星起初被嚇到了，但轉念一想，自己為什麼要隨梅菲斯的情緒起舞？他是個從別的世界過來的人，他有自己原本的生活、原本認識的人、愛的人，這不是很正常的嗎？

「你說，是誰？是誰讓你念念不忘？」

梅菲斯步步逼近，白流星這才感到不對勁。

梅菲斯沒有散發出信息素，但白流星看得出來他很生氣。一個α在盛怒之餘卻壓抑著自己的信息素，這就等於明明很想開槍打死敵人，卻將槍口對著自己，這讓白流星非常不理解。

但白流星只能後退。

「我不知道，我又不記得！我只能合理推斷應該有這樣的人——！」

突然，梅菲斯一手掐住白流星的喉嚨。

在難受之餘，白流星更是不敢相信。

白流星瞪大雙眼、抓著梅菲斯的手腕，但梅菲斯的手指宛如凝固的烙鐵，因為瞬間冷卻而變得無比堅硬。

「是誰，能比我更重要？」

「你在……說什麼……」白流星脖頸脹紅，但他心裡更是難過。當他近距離凝視梅菲斯的雙眼時，他看到了自己。

如那句話所說，當你凝視深淵的時候，深淵也凝視著你。梅菲斯就像那深淵，白流星為自己看到的眼神而寒心。

「不會有人比我更重要。」

「梅……梅菲斯……！」

他不懂梅菲斯為什麼動怒，但對方的堅決讓他發現，自己從始至終都不認識這個男人。

「不准出去，在家照顧好孩子，知道嗎？」

梅菲斯終於鬆手，白流星立刻吸進一大口氣。他轉身離開，白流星卻還在劇烈呼吸。一股寒意從腳底竄起，白流星看到客廳窗戶外頭有一道陰影掠過，好像烏雲暫時遮蔽了太陽。雲很快就被吹走，陽光恢復，他卻心有餘悸。

第五章

那之後，兩人開始冷戰。

至少，白流星覺得他們是在冷戰。

他不想跟梅菲斯說話，但梅菲斯卻像什麼都沒發生過一樣。他回到小屋後，為寶寶帶了一些玩具回來。

那個小嬰兒，白流星覺得她一定不是人類，因為她生長的速度太快了！

明明剛來的時候還像個新生兒，臉皺巴巴的，但她睡一覺起來，臉就變圓潤，肉好像都長開了。寶寶的身高也明顯變高，白流星經常將她抱在胸前，所以他記得很清楚。那時寶寶才那麼小一隻，單手就能抱得起來，如今卻需要兩隻手了。

梅菲斯卻像沒注意到似的，讓白流星不知道怎麼開口。

梅菲斯一回到家就替寶寶換尿布、餵奶，把寶寶抱起來拍嗝。她倚靠在他的肩膀上，好像他才是親生爸爸一樣。

晚上，梅菲斯將寶寶哄睡了之後，就把她放進嬰兒床裡。壁爐的火焰熊熊不滅，梅菲斯在嬰兒床前站了一會兒，就走進書房。

晚上，白流星一個人躺在床上，覺得自己好像被這個家的另外兩個人排擠了。寶寶不會夜啼——也許是他沒有發現、也許是梅菲斯都處理好了。但他只要待在房間裡，就不會聽到寶寶的聲音。

梅菲斯也沒有來強迫他做愛了。

這種感覺就好像自己在做一份工作，因為是一件本來就該做的事，所以即使會抱怨，但還是做得很認真。如今老闆卻說「不用了」，而且連半分獎勵、回饋都沒收到，心裡多少會有點不爽。

他躺在床上，翻來覆去睡不著。突然，外面傳來「砰」地好大一聲，連帶天花板上的燈都在搖晃。

白流星立刻衝出房間，梅菲斯也從書房走出來，並穿上了披風。

「待在屋子裡！」梅菲斯口氣嚴肅。

「你要去哪裡？」

梅菲斯本來已經走到小屋門前，但聽到白流星的聲音，他又回過頭來。看到白流星擔憂的神色，好像有什麼東西從他臉上融化了。

「我出去看看，不會有事的。」

梅菲斯出門的時候沒有落鎖，白流星急忙跟出去，看到夜晚的天空劃過一條條火花，好像星星正在墜落。
白流星怔怔地抬著頭，梅菲斯一看到白流星跑出來，原本已經張開翅膀的他，又轉身回去拉住白流星的手臂。
「你出來做什麼？不是叫你待在屋子裡嗎？」梅菲斯的額頭在冒汗，看到他緊張的神情，白流星也意識到事情不對勁。
「……世界末日了嗎？」
梅菲斯鬆開抓住白流星的手，故作鎮靜，「還不至於。」
「那……」
「是人類的國家在打仗。」
「為什麼要打仗？」
「我不知道，我不在乎。」梅菲斯的態度冷淡，然而他想隱藏起來的情緒，沒有逃過白流星的眼睛。
他發現梅菲斯在生氣，但不是生他的氣，而是生「外面那些人類」的氣。因為那些人攪擾了他的安寧，讓他的Ω和小孩在半夜遭受戰爭威脅，他當然會生氣。
「外面的疫情怎麼樣了？」白流星問。

「……」

「回答我！」

梅菲斯先深吸一口氣，讓自己冷靜下來，「從我發現傳染病開始到現在，已經兩年了。這段時間人類當然不會等死，他們做了很多我不理解的事，但疫情在某些城市已經得到控制，重症和死亡人數沒有兩年前那麼多了。」

「是疫情導致戰爭的嗎？還是戰爭加速疫情的傳播？」

「我不知道！」

遠方傳來爆炸聲，夜空火花墜落，白流星不禁抬起頭看，但火花落到一半就消失了，就像流星似的。

「你回去睡吧，不會有事的。」梅菲斯輕輕擁抱白流星，沉穩的語氣在他耳邊低語。可他越裝作沒事、態度越溫柔，就讓白流星越無法放心。

「那你呢？你要去做什麼？」

「開戰的國家都在徵召魔法師，那些劃過天空的火花都是人。他們進不來森林，但他們可以奪走天空，天空不屬於任何人。我會把他們趕遠一點。」

「你也收到徵召了嗎？」

「當然，我是這一帶聲名遠播的『惡魔』。」

「那你——」

「這不是我的戰爭，流星，不要把我放在與人類同等的位置上相提並論。」

「……」白流星可以理解梅菲斯的意思。

就像森林裡的各種動物，每個物種都各自過著自己的生活，樹木也不會為搶地盤而掐死樹下的幼苗。梅菲斯一直以來都是這麼生活的，他只是不希望被打擾。

「可是，不危險嗎？」白流星就是沒辦法放開抓住梅菲斯的手。

太難了……這種生活太難了……

他才剛來到這個世界，還搞不清楚自己的過去、不知道要邁向什麼樣的未來，就從傳染病一下子跳到戰爭，情況慘重到連梅菲斯都無法維持冷漠。梅菲斯會生氣就是最好的證明，外面肯定火燒眉睫了。

「為什麼……」

太多情緒一下子湧上來，在得不到緩解的情況下，只能化作淚水。

白流星鬆開了手，跪了下來。也許，他沒有自己想得那麼堅強。

「我以為異世界會比原本的世界好一點，我可以重新開始新的生活，那即使不知道自己是誰，也沒有關係……但是，我怎麼好像有一直擺脫不了的東西？」白流星自言自語，甚至沒有發現自己的話有語病。

「……」梅菲斯看著白流星，沉默不語。

梅菲斯沒有去扶起他，只是轉身走了幾步，抬頭望向夜空。他張開雙手、張開豐滿的黑色羽翼，瞬間有一股魔力湧上來，在他周身燃起綠色的火焰。

白流星嚇了一跳，甚至忘了哭泣，他看著梅菲斯雙手在空中舞弄著什麼。

突然，物換星移，星星快速移動，在天上畫出半圓形的軌道。天空忽閃忽暗，日月不斷交替變換，白流星不敢相信自己眼睛所看到的，卻也對此奇景目不轉睛。

很快的，星辰的運行停止，夜空回歸寂靜，崩落的火花也消失了。

「……你做了什麼？」白流星怯怯地開口。此刻，梅菲斯的背影讓人不寒而慄，彷彿那張開的不是一雙單純的黑色羽翼，而是貨真價實的惡魔翅膀。

「我推進了時間。」梅菲斯背對著白流星回答，「戰爭結束了。」

「什麼？」

「可能會有很多人死去，比預期還要多的人。但那與我無關。」

「你是什麼意思……」白流星跑到梅菲斯面前，他想看著對方的臉說話，卻發現梅菲斯的臉蒼白得可怕。

「去睡吧。」梅菲斯的聲音變得有氣無力。

「不要！除非你跟我解釋清楚，我一定要查出真相！」白流星沒有意識到自己說了什麼，但他的心情變得莫名激動，「你以為什麼都不告訴我就是為我好嗎？你憑什麼決定什麼對我好、什麼對我不好？我的意願不重要嗎？為什麼都是你一個人在決定事情，那我呢？你把我放在哪裡？」

白流星大聲叫嚷著，面紅耳赤。那一連串從他嘴裡吐出來的，是他連日累積的壓力，也是他心底最深層的話語。但他卻搞不清楚，自己為什麼會對梅菲斯說這種話。

他瞪著梅菲斯，腦袋和心中卻是空無一物，好像將所有的積怨一口氣吐出來後，他就對這個男人無話可說了。

對素昧平生的人說「為什麼都是你一個人在決定事情，你把我放在那裡」是不可理喻的。自己必須曾經真正出現在那人的心裡面，才有資格向對方說這種話。

就像情侶、愛人、家人……

梅菲斯跟他是那樣的關係嗎？白流星搞不懂了，但當梅菲斯抹去他臉上的淚痕時，他可以看到梅菲斯的神情也變得無比悲傷。

「不要哭，你哭我會受不了的。」

梅菲斯將白流星擁入懷裡，他緊緊地抱著白流星，然而白流星卻一點都沒有被觸動的感覺。他像根木頭，生硬地用手隔在兩人之間，將梅菲斯推開。

「我的眼淚不重要。」

「為什麼要說這種話？」梅菲斯即使臉色很差，眼裡卻充滿著對白流星的擔心。

「因為我的眼淚不會改變現實。即使我哭得再慘，我獲得的也是別人的同情，而不是理解。」

白流星覺得對方這番話簡直莫名其妙，「那你呢？你又讓我了解多少？每次都是我問你！你有主動跟我說過什麼嗎？」

「你有讓我了解過嗎？」

「我是真的不知道為什麼會爆發戰爭！我在森林邊緣發現的Ω，他身上沒有染疫的痕跡，他是被重型武器打中，失血過多而死的。」梅菲斯說到這裡，自嘲地笑了一下，「我不是說他身上有我族人的手指骨嗎？他們把我族人當作護身符，那說不定真的有效，可以預防染疫呢……」

「梅菲斯……」

「我發動時間魔法，將時間強行推進，這樣會減少很多可能性，但並非不可行。」

「那是什麼意思？」

是自己要梅菲斯說的，但梅菲斯說了以後自己又聽不懂，白流星不免覺得有點丟臉，但該問的還是要問。

不管自己過去是誰，他可以肯定，自己就是有這種搜查到底的精神。

梅菲斯很有耐心地解釋：「舉例來說，我撿到的那孩子，必須是我飛到那附近才能發現的，我把她撿回家後，她才有活下來的可能性。時間推進魔法會減少命運改變的可能性，砲火猛烈的國家會變得更加猛烈，弱勢的一方會變得更弱，傷亡只會增加不會減少，直到有一方倒下。」

「那你為什麼要用……」白流星不禁想，是不是自己拉住了梅菲斯？因為他很自然地以為，梅菲斯要單槍匹馬對抗燃燒的天空，一定會受傷。他捨不得梅菲斯離開，也不相信梅菲斯有一手遮天的實力。

是他誤判了嗎？

「因為你哭了。」梅菲斯淡淡地道。

「什麼？」

「我不是說只要看到你哭，我就會受不了嗎？」

「但那些是人命！」

「那些都沒有你重要。」

「……」白流星怔怔地看著梅菲斯，一想到因為自己而消失的性命，或者該說是因為梅菲斯的魔法、而沒有被挽救的生命，他就沒有辦法認同梅菲斯所說的「重要」。

他的眼眶泛紅，抿了抿嘴唇，卻忍不住顫抖。

梅菲斯驀地抱住了他。他以為梅菲斯是要接住他，不讓他太過震驚而摔倒在地上，但梅菲斯卻是將他的身體視作了依靠。他的翅膀垂在身後，腦袋靠在白流星肩上。白流星意外地發現，或許、梅菲斯沒有他以為的那麼強壯。

「流星，相信我好嗎？」梅菲斯聲音沙啞地說。

「我不知道……要相信誰……」

即使他被抱得好緊好緊、緊得好像快要不能呼吸了，但他心裡的空洞並沒有被填補。

「我是誰？」他靠著梅菲斯的胸膛啜泣，同時忍不住伸出手臂，抱住梅菲斯的背，「我到底為什麼會來到這裡……？」

「也許你是來遇見我的。」梅菲斯用雙手捧著白流星的臉，抹去他的眼淚，「我們在這裡，就只做你想做的事情。」

——什麼是我想做的事情？

白流星還來不及疑惑，嘴唇就被梅菲斯吻住。他在梅菲斯的吻裡，嘗到自己眼淚的味道。

「你想要我怎麼做呢？」梅菲斯低沉的嗓音混合著熾熱的氣息，他沒有釋放出信息素——至少白流星沒有聞到，但那沒有讓他減損半分魅力。他依舊是個迷人的男人，擁有一切讓白流星目不轉睛的元素。

白流星仰起頭，直直盯著梅菲斯看。他雙手放在梅菲斯臉上，學著他先前的動作，捧起他的臉。他發現梅菲斯的長相真的很合他的胃口，他就是會被這種類型的男人吸引。他們身材高瘦，穿起修長的衣服——比如秋冬時的大衣，就會很好看。

所謂的「他們」指的是α。

白流星的目光從來沒有在β身上停留過，他總是在抗拒α的時候，又不由自主地被他們吸引。而且，不夠優質的α他是看不上眼的，能配得上他的α，一定是最優秀的男人。

梅菲斯是人人懼怕的魔法師，有著深厚的魔法底蘊。他住在一棟離群索居的小屋裡，就像圈了一塊土地為王。他從不用煩惱吃穿，可以好好照顧他的伴侶、多一個小傢伙也無妨。他就像一個可以提供物質基礎的男人……

——而且，是愛我的男人。

看著梅菲斯的臉，白流星覺得自己好像想起了什麼，「你……」

梅菲斯的表情溫柔，卻又有一點悲傷。他把白流星的手掌貼在自己唇邊，親吻它，他閉上了眼睛，恍惚間透露著陶醉。接著又望向白流星，親吻他的額頭、眉心，輕啄他閉合的眼瞼、嘴唇。

「你愛我嗎？」白流星睫毛顫動，他感到有些不安，彷彿害怕聽到不合心意的回覆。

「我當然愛你。」梅菲斯低聲道。

「你願意原諒我嗎？」

「你沒有做錯任何事情。」

「但是……我好像讓你難過了？」

「我愛你，所以我根本不在乎這些。」

「你覺得這是我想聽到的話嗎？」

「……」梅菲斯不說話，只是靜靜地看著白流星，白流星心底卻感到慶幸。

「你不是『他』，對吧？」

梅菲斯不是他心底那個雖然重要，卻又想不起來的人，他就只是個幻影、一場夢魘。一旦意識到這點，白流星發現自己的心裡舒服多了。他望向梅菲斯的眼神裡，收起了不安，他可以直面這個男人，不再感到恐懼。

「抱我吧。」白流星悄聲道。

回應他的是一個濃烈的吻。梅菲斯的舌頭舔過他的貝齒，拚命勾引他敏感的舌側，他覺得自己的空氣好像都要被吸走了，鼻尖滿滿都是對方的氣息。但那卻不是信息素的梔子花香，更像是男人單純的味道。

梅菲斯捧著他的頭，手指放在他的後頸，像要把空氣都一起吃下去般地吻著他，好像他才是一朵散發香味的花，而男人正要採蜜。

他以雙手抱住梅菲斯的肩膀，任由他把手伸進衣襬、把衣服往上掀。梅菲斯的手掌熾熱，白流星可以感覺到，那隻手正摸著自己微涼的皮膚，好像要一寸一寸地將火苗點燃。他由下往上，從尾椎沿著背脊慢慢摸上去。白流星不禁順著梅菲斯的手勢挺起了腰，感受到逐漸被挑起的欲望。

他動手解開梅菲斯領口的綁繩，不必過問對方的意見，因為他知道自己的行為會被默許，就像梅菲斯撫摸他的手從來就沒有遲疑，好像一開始就對彼此的身體無比熟悉。那種熟悉感不是懂得進攻對方的敏感處，而是身體的界線，早就交融於無形。

梅菲斯脫下披風，順手把白流星的上衣也脫掉。他親吻白流星的脖子、鎖骨的凹陷和胸口。他的嘴唇和呼出的熱氣，在白流星的皮膚上猶如搔癢的羽毛。

白流星也想把梅菲斯脫光。他把梅菲斯的上衣衣襬拉出來，想要把礙事的布料扯掉，但梅菲斯卻吻住他的唇，讓兩人都沒有移動手腳的餘裕。

白流星的手伸到梅菲斯腹部，梅菲斯便趁著結束一吻，自己把衣服脫掉，露出不算鮮明，但依然好看的胸肌和腹肌。

白流星傻傻地看呆了，不禁對男人的肉體垂涎三尺。男人的身體都是不柔軟的，肌肉要夠結實，才能顯現出這個人的強壯體魄，可以因此保護比自己弱小的人。就算是吸咬或舔舐他的身體，他也不會輕易射精，因為α的自制力都還不錯。

但此刻，白流星只想把自己的嘴唇貼上去。他想品嘗男人身上的味道，想看到對方的欲望在自己的挑逗下蓬勃，想……

於是，他就真的貼上去了。

他親吻梅菲斯光裸的胸膛，把自己的臉頰貼在他的胸口，聽著底下的心跳因為他而變得劇烈，他就有一股莫名的感動，感動得讓他想哭。

他親吻梅菲斯的唇，梅菲斯也在回吻他的時候，把手伸到他的下腹。白流星感覺到梅菲斯的觸摸，但他想更直接一點。他雙膝跪下，把梅菲斯的肉棒從褲襠裡掏出來，張嘴直接含了下去。

梅菲斯有點驚訝，他的胸口因為喘氣而變得劇烈起伏。在嚇一跳的同時，也因為瞬間被含住而勃起，這舉動讓白流星覺得可愛極了。

白流星想到哪裡就舔哪裡，想要含下去就含下去。他大膽地舔著莖柱，一邊摸著囊球，沒有任何技巧可言，他也不在乎。他在性事上有自己執著的一面，他的個性就是如此，因此也不想要掩飾。但就是這種沒有技巧的口交方式，亂彈也彈出了節奏，讓梅菲斯的呼吸變得急促。

梅菲斯一邊摸著白流星的頭，一邊握住拳頭，克制住想要把對方的嘴當成小穴來操的衝動。他閉上眼睛、再張開時顯得有些迷茫，他的眼神跟白流星一樣，都充滿了欲望。

白流星雙頰緋紅，好像被舔弄的人是自己，他偶然往上一瞥，與梅菲斯的視線撞個正著。在那一瞬間，兩人的欲望都集中到下腹，但他們仍舊渴望靈魂的交融。於是白流星站起來吻住梅菲斯的嘴唇，並緊緊抱住這個男人。

梅菲斯也回抱著白流星，他們的一舉一動都如此契合，好像一個人想要、另一個人就會給予。他也想要與白流星接吻，將那小嘴變得氣息紊亂，讓唇瓣因吸吮變得殷紅。

披風鋪在草地上，天頂就是星光。梅菲斯脫下白流星的長褲，讓他坐在自己的大腿上。白流星的身體像撒了蜜糖，他不論舔到哪裡，都是甜的。

「好癢喔……」白流星哭笑不得，覺得自己好像遇到了一條大狗狗，「你怎麼不散發信息素？」他抱著梅菲斯的頭，梅菲斯的頭髮都被他揉亂了。

「因為，我在克制。」

梅菲斯舔咬那粉色的乳尖。他用舌頭舔弄、用牙齒輕輕地咬，很快就讓乳頭立起。被吸吮的感覺讓白流星的身體微微顫抖，體內湧出一股發洩不了的欲望，心癢難耐。這跟被口交的感覺不一樣，他不討厭自己的乳頭被含住，但刺激總括是沒有那麼強烈。

而且……

「你要克制什麼？」白流星是真心不理解。

「克制別一口氣把信息素散發出來，那樣你會失去意識的。」

「可是，我想要……」

不知道梅菲斯是聽不懂還是故意的，他分別用嘴和手來對待白流星兩邊的乳頭，手指時而打轉、時而按壓，但是他的動作都不重，可能是捨不得讓白流星感到疼痛。

「聽說有的男性Ω在生產後會分泌乳汁，你也會嗎？」梅菲斯說完，惡作劇似地咬了粉嫩的乳尖一口。

白流星突然有股煩躁感，想把這個男人推開，但他只是抓著梅菲斯的頭髮，沒有真的伸手推他。倒也不是他心軟，而是乳頭好像被玩弄得越來越有感覺，被梅菲斯輕輕咬著的時候，他的心臟也在不斷地狂跳。

「你會嗎？」

「我怎麼知道會不會，我又沒生過！而且那是因人而異吧！又不是每個男性Ω都會產乳……你有看過會產乳的嗎？」

「這……」梅菲斯不知道該怎麼回答，只好先停下愛撫的動作。

「喂！」白流星把梅菲斯的腦袋抓離自己胸前，氣急敗壞地瞪著梅菲斯，「要是你敢說自己有看過別的Ω的胸部，我是不會放過你的！」

「不放過我也沒有關係，但請你記得我、一直都要記得我……」

「你現在是在說，你有別的Ω嗎？」

「不，我是想起那孩子——沒有名字真不方便。我發現她的時候，她就趴在生父胸前，應該是在吸奶吧？那時她的生父已經死去了，身體再也沒有辦法產出乳汁……我沒辦法想像她餓了多久，但她都沒有哭。」

「……」

「抱歉，說這些很煞風景吧？」

「我只是很難想像……」

「我不會讓那種事發生在你身上的，不管是你、或是孩子，我都不會讓你們餓肚子。」

白流星知道，這不是梅菲斯一時情動而給出的承諾，梅菲斯真的會好好照顧他和孩子……但他此刻不想提起孩子的事。

「梅菲斯，只要有我就好，看著我、愛我，對我釋放信息素！」

「我先放一點點……」

「不夠！這味道根本就不夠！」他想要的是濃郁的花香，會讓他的腦門發麻，甚至支配他的……

「對我動手吧，梅菲斯，對我粗暴一點……唔！」

白流星的嘴唇被吻住，梅菲斯握著他的性器，與自己的貼在一起擼動。

「啊啊……啊……」兩人的莖柱貼在一起的感覺很奇怪，前端因為勃起而沁出的幾滴液體，讓兩根性器變得滑滑的很好摸，但滾燙的感覺是從另一人身上傳來的，讓白流星始終無法得到滿足。

「對我施放信息素，梅菲斯，對我放出信息素！」他抱著梅菲斯的肩膀，用哭喪的嗓音乞求。那急得從臉上滑落的水珠，分不清是汗還是淚，「我要……我要聞到你的信息素……不然不會溼啊……」

——不會溼的話，我要怎麼讓你插進來……

因為太羞恥了，剩下的話就不說了。

而白流星總算在這時候聞到了α的信息素，是梔子花的香味。那像是一種信號，也像是綑綁他肢體的囚籠。他止不住從骨髓深處泛起的戰慄，只能緊緊貼著梅菲斯的身體。

他可以感覺到梅菲斯的手移到他的臀部，刻意分開兩片臀瓣，把手伸進出水的地方。黏稠的晶瑩液體在他的手指扣進來之時，就已經成為潤滑液，來歡迎它的入侵。白流星咬著下唇，不想讓呻吟溢出。

「唔……唔……嗯……」

梅菲斯用吻鬆開了他的嘴。

「唔唔……」

白流星眨著溼潤的睫毛，緊緊抓著梅菲斯的背，總覺得身體的上面跟下面都失去了防線，有些無所適從。

梅菲斯的手指伸進後穴，在裡面磨蹭抽插。他的指甲永遠都剪短在指尖以下，沒有一點白白的地方，這樣才不會傷到腸壁脆弱的黏膜。白流星當然不會先去檢查對方的指甲，但他喜歡梅菲斯的手指修長，可以碰到比他自己做的時候，還要更裡面的地方。

「啊啊……啊……其實，這……沒有必要吧？」

「什麼？」梅菲斯不懂白流星的意思，但他的手沒有停下。

「啊啊！」

Ω穴內的腔室是有一點弧度的，不是直直插進去就能讓人有感覺，梅菲斯就了解這個弧度。梅菲斯的指腹碰到某一處敏感的地方，白流星終於忍不住叫出聲，也射了一點白濁出來，但陰莖卻未軟下去。

「……你剛剛想說什麼？」梅菲斯也滿頭大汗，眼裡充滿著情欲的迷茫，但他還是裝作冷靜地問。

「我說……唔唔……唔唔嗯～」白流星爽到話都要說不清楚了。「你明明知道只要對我施放信息素，你就可以直接插進來，不需要刻意擴張，那你現在到底是想做什麼？」

「你的身體會出水，跟讓你舒服是兩回事。」

「梅菲斯！」

「不舒服嗎？」梅菲斯雙眼一眨，滿是擔心，手指也抽出來了。那上面沾滿了透明的淫液，濃稠地在指縫牽出絲線，「那你告訴我，我該怎麼做才好。」

「不是……」

梅菲斯竟真的停下來，讓白流星有點傻眼。他看著梅菲斯的臉，梅菲斯沒有要戲弄他的意思，是真心在等待他的指令。

「插進來……」白流星小聲地說。

見梅菲斯還是沒有動作，白流星只好抱住他的肩膀，並主動抬起腰，讓自己的股溝能碰到男人粗大的肉棒。後穴和肉柱溼溼滑滑的，所以即使裡面有經過擴張，白流星還是沒辦法一坐就插進去，龜頭沒辦法對準他的穴口。

「啊……」又滑掉了。

白流星羞得面紅耳赤，還好他沒有正面看著梅菲斯。而梅菲斯也不好受，因為這樣一直磨蹭來磨蹭去的，卻沒有真正進入Ω體內……說明白一點，他是「有點受不了」。

「流星……」梅菲斯扶著自己的性器，語氣還算客氣，「可以先不要動嗎？」

「啊啊啊嗯嗯……啊……」

「我就說信息素太強，你會失去意識的。」

「我沒有！」白流星微微噘起唇，雙手摟著梅菲斯的脖子，屁股一下一下地蹭，「我知道你在哪裡，我會自己……是我想要你插進來的，你要聽我的話，你明明說過你都會聽我的！」

「我先讓你射一次，不然我插進去的時候，你馬上就會射出來的。」梅菲斯的手要握住白流星的性器，但白流星拍開了那隻手。

「你不要做多餘的事！」

「流星……」

「你進來就是了！」

他媚眼如絲，像纏繞在一起的棉花糖，彷彿連聲音都變得甜甜的。

梅菲斯受不了了，他抓著白流星的臀部，用力往裡面一插。

「啊啊啊啊啊——！」精液像湧泉一般，一瞬間就噴出來了，強烈的快感讓白流星沒忍住尖叫。他的身體往後倒，但梅菲斯接住了他。

梅菲斯不僅接住白流星，還把白流星放倒在地上。草地上鋪著他的披風，讓Ω細嫩的皮膚不會被草葉割到。

白流星一時間覺得有點恍惚，但躺下來讓他稍稍清醒了過來。他怯怯地張開眼睛，看到梅菲斯背後，有著漫天星辰。他不禁一愣，問著自己，以前曾看過這樣的美景嗎？

他猜想大概沒有。如果自己是一個生活在都市裡的人，那夜晚是看不見星星的。

梅菲斯知道白流星在看什麼，因為那全都映在白流星眼中。但他沒有阻止，也無須喚回白流星的注意力，因為兩人的下身還緊密結合著，他只要慢慢地動一動就可以了。

沒抽插幾下，白流星就望向梅菲斯。他才剛射過，身體這時候還沒有恢復敏感度，甚至有點想休息，但梅菲斯像一直纏著他似的，讓他沒辦法不去在意。

他凝視著梅菲斯的眼睛，那雙藍眸像星星一般。夜空中的星有很多種顏色，黃的、紫的、藍的，它們都散發著柔和的光，在夜晚稱不上明亮，但聚集起來卻有懾人心魄的力量，就像梅菲斯此時的眼神，揪住了白流星的心房。

「梅菲斯……」

他是不是等我很久了？白流星不禁產生這樣的想法，因為梅菲斯就像被獨留在某個空間，如今透過星辰魔法等等的神祕力量，他們才得以相遇，並在這美麗的地方結合。

「啊啊……」

白流星吐出的氣息越來越熾熱，男人在他身上推進所流下的汗水，就像翻土時灑下的甘霖。他把梅菲斯的瀏海撥開、撫著他的臉龐，驚訝於自己為什麼會忘記。他不應該也不可以忘記，那個男人的名字——

「眼睛閉起來。」

白流星正想要張嘴說話，但聲音還沒有從喉嚨發出，梅菲斯就對他低語。他的低沉嗓音和那句突然其來的話，吸引了白流星的注意力，讓他忘了自己原本要說什麼。

「把眼睛閉起來，流星，」梅菲斯的大手遮住白流星的雙眼，「抱緊我、緊緊抱著我，不要鬆開。」

「啊啊！」白流星抱著梅菲斯的肩和背，愛憐地摸著男人的後腦杓，連續抽插讓快感逐漸攀升。為了讓兩具身體更貼近，他抬起了腰，大腿也伸到梅菲斯背後，夾住對方的腰。

梅菲斯的手移開了，白流星張開眼睛看著他。梅菲斯似乎對白流星的主動感到有些訝異與疑惑，但白流星主動親吻了他，並靠向他的額頭。

「我愛你。」白流星悄聲道。

梅菲斯露出和白流星剛說完「抱我」時一樣的表情，他的吻變得更濃烈了，還有失而復得的喜悅，「我也愛你，流星。」

他們擁抱著做愛，在親吻之間達到高潮。

結束後，白流星枕著梅菲斯的手臂，躺在披風上。他可以聞到淡淡的梔子花香，轉過頭就可以看到梅菲斯溫柔的臉龐。

夜空中的星辰依舊在遠方，好像凍結了似地發出光芒。梅菲斯一隻手放在白流星的鎖骨中間，有意無意地觸摸他的肌膚。

「你的脖子好漂亮。」梅菲斯低聲道。

「想咬嗎？」白流星用詼諧的口氣問。
「我不知道……你會不會讓我咬。」
白流星伸長脖子，給了梅菲斯一個溫柔的吻，「我愛你。」
那好像變成了一個制式的問題。當他這麼說的時候，對方也要回答「我也愛你」，因此他必須不斷不斷確認……
「睡吧。」梅菲斯道，「你很安全，流星，我在這裡……」
白流星呼出一口氣，倒也沒多說什麼。他縮進對方的臂彎裡，緩緩閉上眼睛。
朦朧間，他想起梅菲斯書房裡的擺件，那座黑色的山，轉過來的背面躲藏了一隻小鳥。
他覺得自己就像那隻鳥，躲在梅菲斯的庇蔭下。

第六章

白流星從床上醒來，發現身上蓋著梅菲斯的披風。

梅菲斯的房間沒有窗戶，空間略顯狹隘，無法透過外頭的陽光來判斷時間早晚。白流星不知道自己睡了多久，但他想起昨晚的荒唐，彷彿是一場夢，直到他注意到披風上有一根小草……

他伸展手腳，赤裸的身體在被窩裡很是舒暢，沒有哪裡僵硬或痠痛，身體也被清理過了。雖然梅菲斯之前就會幫他擦拭手腳，但白流星可以感覺到，私密處沒有溼溼黏黏的，雖然裡面他當然是不知道……

白流星下了床，走出房間。走廊上很安靜，從這個方向看不出客廳是否有人影，但他趁這時候趕快溜到露天浴池。

浴缸裡照樣備妥了熱水，跟牆壁嵌在一起的老樹樹根下，堆放著成捆的麥穗。白流星泡進浴缸裡，視線卻離不開麥穗。

一起床沒有看到梅菲斯，這應該是會讓他鬆一口氣的，但今天卻特別沒有那種感覺。

白流星洗完澡、穿好衣服，離開前又看了麥穗一眼。

或許是一時心血來潮，或許他什麼都沒有想，抑或是想證明「不可能的」。總之，白流星解開了褲頭，尿在一束麥穗上。

他挑了挑眉，正想說「看啊，什麼都沒有」的時候，笑容卻漸漸從他臉上凍結。被收割下來的金黃色麥穗像時光倒流似的，以肉眼可見的速度轉綠，緊接著開出了白色的小花。

白流星的臉也綠了。

他趕緊整理好衣服，並把開花的部分撿拾起來，用一條大毛巾包著。

他開門的時候先探頭探腦，確定走廊上沒有人，才躡手躡腳地走出來。他走到客廳轉角，還是沒有人，梅菲斯不在，貓頭鷹雷米也沒有停在平常的位置上，白流星的膽子這才大了起來。

他將開花的麥穗全丟進壁爐裡，並看著火焰將其燃燒殆盡。他的腦袋一片空白，什麼都無法思考，唯有心臟怦怦地跳。就在這時，他的眼角餘光瞥到客廳窗外，飄過一個如泡泡或氣球的東西，他疑惑地走過去查看。

窗外的景象，讓白流星瞪大眼睛，立刻跑出小屋。

白流星從小木屋裡衝出來，成群的「小花」從他眼前飛過。它們的花瓣像翅膀，萬紫千紅，各有千秋。每一朵花都比手掌還小一點，它們如曼妙的舞者不斷旋轉，一雙小手也圍繞著它們不斷轉圈。

那雙小手屬於一個外觀三歲左右的小女孩，她撲弄著小花，笑得很開心。

小女孩穿著樸素的白上衣和便於行動的小短褲，蓬亂的頭髮隨著她一跑一跳，像一頭鳥窩，好像隨時會掉出羽毛，但女孩並不在乎自己的外表。她如果獨自生活在森林裡、沒有同儕互相比較的話，好像也不需要在乎外表，只要每天開心就好。

梅菲斯就站在女孩身後、看著她玩，臉上帶著溫柔的微笑，貓頭鷹雷米則站在一旁的樹椿上。小女孩終於抓到一朵會飛的花，她捧著花拿給梅菲斯，梅菲斯沒有收下那朵花，而是抱起女孩，女孩就把花插在梅菲斯的頭飾上。

那畫面溫馨極了，溫馨到超出白流星的想像，好像那兩人是真正的父女一樣。白流星不知道自己該怎麼解讀這畫面，是要跟著感到溫馨嗎？還是諷刺呢？幾天前他還想逃離這個男人的……

梅菲斯抱著的小女孩突然一指，梅菲斯便也轉身，看到白流星，「你醒了。」

「嗯……」

「你替她取個名字，不然挺不方便的。」梅菲斯放下小女孩，讓她去跟「小花」一起玩耍。小女孩一跑過去，花就會飛起來，把她逗得咯咯笑。

「她……」白流星想起昨晚兩人在草地上做愛，如果不是夢，那梅菲斯使用了時間推進的魔法，同樣也不是夢？因為魔法，才讓一個在襁褓中的寶寶，一夜之間成長為會跑會跳的幼童？不，他之前就覺得寶寶長得很快了，可能是異世界裡有他不理解的法則。

「為什麼要我取？」白流星問。

「她是人類。」梅菲斯淡淡地道。

「啊……」白流星愣了一下，想起梅菲斯跟人類的淵源。他可能是不想插手人類的事情，或是早就對人類有了什麼成見，對小女孩表現出來的善意不過是臨時起意。梅菲斯畢竟是惡魔啊……

「我不懂人類的取名規則，或是，有沒有什麼禁忌。」

「什麼？」白流星從自己的思緒中抬起頭，一時不解。

「她是人類，那她就值得擁有一個人類的名字。」

「呃，這個……」白流星都不敢說那孩子到底是不是人類了，「我不是你們這個世界的人，怎麼會問我呢？如果是我以前的世界……就，名字加上姓氏，好聽就好了吧？」

「我想過叫她奧羅拉，意思是早晨的第一道光，或是叫彗星，那就跟你很像了。」

「彗星？白彗星嗎？」白流星尷尬一笑，盡量讓自己看起來並不在意，「我以前經常聽人家說看到流星要許願。流星跟彗星都給人一種稍縱即逝的感覺，雖然那個……物理上的定義不一樣，彗星是有週期性的，它會繞著一個軌道，但看起來不都一樣，劃過天際、『咻』一下不就沒了嗎？」

「……」梅菲斯不太理解，但他盯著白流星，靜靜等對方說下去。

「許了願當然就是希望願望可以實現，如果不想要實現、或是實不實現都無所謂，那許願幹嘛呢？我不想成為一個可有可無的人，如果只是把許願當作抽獎、沒抽中就算了，那就太對不起拚命努力前進的自己了！」

對，自己從以前開始就是這麼拚命的。

白流星想起來了，那種拚命往前跑、好像有誰在後面追趕的感覺。每天如影隨行的壓力，是因為自己有個明確的目標，也願意為那個目標付出。

他有很多願望，人生中每個階段的願望都不一樣，但每個階段他都闖過來了。

從考上法律系開始。考進一間好大學並不是終點，而是起點。光是要讀到畢業，這過程就並不輕鬆了，因為班上都是菁英α，只有自己一個人是Ω，每天都會被一群惡狼般的男人虎視眈眈地注視著。

畢業後是司法考試，聽說有人在大學期間就通過了，但他不是那樣的菁英，也沒必要去羨慕人家，只要按自己的步調走就可以了。

司法考試通過後是……是什麼呢？是兩年的研修實習，然後……

然後他選擇了哪一條路？

記不清了。

但他腦中閃過一個穿著淺色西裝的男人。

男人的身材纖細，胸前配掛著……證件……上面寫著什麼呢？

「流星？」梅菲斯輕喚，喚回了白流星的注意力，「你吃過飯了嗎？你的臉色很差，不會餓著肚子就跑出來了吧？」

「啊……」

經梅菲斯一說，白流星才意識到餓，自己的確是還沒吃早餐——或早午餐。

「叫……小慕好了。」

「小慕嗎？」

「嗯，思慕、愛慕的那個慕……」

「有什麼特別的意思嗎？」

「沒……」白流星下意識就想否認，但自己會脫口說出那個字，是不是代表自己心裡也在思慕或愛慕著某人呢？

「沒什麼特別的意思，你覺得不好聽就取別的。」

「不會不好聽。」梅菲斯看到白流星在摸肚子，「你還沒吃嗎？」

「嗯，對，我很餓……我先進去吃。」

「那我繼續跟小慕玩。」梅菲斯彎下腰，雙手接下小女孩抓到的花朵。花朵在梅菲斯手裡飛走了，引得小女孩又去追，這運動量足以讓孩童放電。

「對了……」梅菲斯走到白流星面前，低下頭，在他頸邊聞了聞，「你的信息素好像變得有點不一樣了。」

「有、有嗎？」

「嗯，味道有點淡，但我居然會聞不出來……可能是我的魔力減弱了。」

「是昨天……」

「我休息個幾天就會好。人類的戰爭結束了，就算要打下一場應該也不會那麼快。傳染病有沒有消失我還不知道，過幾天我再去確認。」

白流星點點頭，這些事他也只能交給梅菲斯作主，便回屋裡去了。

✻

「爸爸，他是誰？」

「他是妳爸爸，他叫白流星。」

「你們兩個人都是爸爸嗎？」

「我是妳的主人。」

「主人是什麼？」

跟一個還未受過教育的小女孩說明什麼是她的主人，這根本就是兒童不宜的內容吧？白流星一邊聽著屋外傳來的童言童語，一邊在心裡吐嘈。

「主人就是妳要聽他的話的人。」梅菲斯的聲音傳來，「叫妳不要跑太遠的時候妳要聽話，叫妳睡覺的時候妳要睡。」

「爸爸，我想吃糖。」

「妳不能再吃糖了！我不該調配那種東西給妳吃的……」

今天的早午餐還是烤吐司和太陽蛋，桌上多了一壺紅茶和鮮奶，但是沒有糖。白流星為自己倒了一杯茶，茶香濃厚，這應該是用煮的，不是用茶包泡的，至於自己為什麼能分辨出來……他就不確定了。應該是以前有喝過吧？在原本的世界喝過。

屋外那兩人突然安靜下來，白流星按捺不住好奇心。他捧著盤子，坐在窗邊，邊吃邊看。

小女孩好像跑累了，她坐在梅菲斯的大腿上，梅菲斯好像在剝什麼東西給她吃。兩個人都低著頭，他們靠在一起的樣子、那肢體間毫無防備的距離，就如同一個孩子對主要照顧者完全的信任。

白流星看著那畫面，心底有個地方被觸動了。

因為那是自己不曾有過的東西嗎？以前沒有，未來可能也不會有……

他望向壁爐，嬰兒床已經被撤掉了，取而代之的是一張小床，緊鄰著梅菲斯的書房。梅菲斯可能是又把小屋的格局改過了，魔法還真是方便。

「爸爸，我以後會長出翅膀嗎？」

「不會，妳不會有翅膀。」

「可是我想要像你一樣耶！我要藍色的翅膀！」

「我的翅膀不是藍色的，我族人的翅膀也不是藍色的。」

「我喜歡藍色的翅膀。爸爸，你可以變給我嗎？」

「不，妳不會有翅膀，而且妳應該要叫我什麼？」

「主人。」

白流星聽著那兩人的對話，臉上是他自己都沒有察覺到的輕鬆愜意。他吃到剩下生菜沙拉的時候，梅菲斯走了進來。

「我出去一下，小慕交給你照顧。」

「喔！」白流星立刻放下餐盤，看到小女孩站在門邊，很有戒心的樣子，「你要去哪裡？」他轉頭問梅菲斯。

梅菲斯去書房拿了披風，披在身上，「我去森林裡看一下。我的魔力減弱會影響到森林裡的詛咒，而且我想去找點東西給小慕吃。她光喝奶和吃果實，這樣不會長肉的。」

梅菲斯匆匆經過白流星身邊，但在出門之前，他低頭看了小女孩一眼，「妳要聽爸爸的話。」

梅菲斯張開翅膀飛走了。小女孩眨著一雙大眼睛，對白流星的戒心轉變成了好奇心。

白流星倒了一杯牛奶給她。「妳要嗎？」

不然他不知道要給小女孩什麼、也不知道要講什麼，總覺得有點尷尬。

小女孩跑去屋外玩了，白流星也跟著出去，但他不知道怎麼帶小孩，只能站在旁邊看。會飛的魔法花朵就像一種自動逗小孩的裝置，巧妙達到「不會抓不到、但是需要一點挑戰」的程度。白流星不禁想，如果人類世界也有這麼方便的裝置就好了，安裝在公園裡，大人就能換得一刻清閒。

白流星在草地上坐了下來，吃飽就有點想睡。就在他無聊到想打瞌睡的時候，貓頭鷹雷米突然撲了過來。

「啊啊啊！」白流星被撲得不明所以，滿臉都是羽毛，這突如其來的舉動讓他睡意全消。雷米拍著翅膀停在空中，白流星這才發現小慕不見了。

「她人呢……？小慕！小慕！」

白流星跟著雷米的指引往前跑，心裡越來越害怕，一直以來都想著要逃走的他太熟悉這個方向了。梅菲斯的小屋一邊鄰近森林，一邊就是懸崖。

「小慕！」

白流星跑到懸崖上，看到崖邊有一隻小鞋子。

他停在懸崖邊緣，來不及穿鞋子的腳已經被碎石刺出鮮血。碎石從崖邊滾落，他看不到懸崖底下有多深，底下都是白茫茫的霧氣。貓頭鷹雷米不知道什麼時候不見了，冷風吹打著白流星的臉，他全身都在冒汗。

「不……」

不會的、不可能的，諸如此類的否定性言語在他大腦裡盤旋，就像不懷好意的禿鷹。

他慢慢蹲下來，想著這懸崖峭壁一定不是不能征服的，人定勝天，一定有辦法可以爬下去。但就在他蹲下來的時候，他忽然意識到自己的腹部。腹部因為姿勢改變而受到擠壓，注意力便往那邊集中。

白流星摸著自己的腹部，腦海中忽然閃過幾個畫面。他看到腳下的血跡，自己好像是一路踩著血過來的，那讓他極度地不安與恐懼。就在他的意識過度集中在腹部時，他也感覺到那裡好像被搥了一下。

「爸爸！」懸崖底下傳來小女孩的呼喊。

「不會的、不可能」的猜想全部被打碎，白流星驚慌不已。他轉過身子想要爬下去，懸崖上並非寸草未生，崖壁上有一些石頭凸起的地方，那應該是可以爬的。就在白流星這麼想的時候，他的腳踩空了。

他的身體往後墜落，看著崖邊離自己越來越遠。他慌張地想要大叫，卻發不出聲音。他想起了梅菲斯，想大叫他的名字，因為他相信梅菲斯一定會趕來救他的！

雲霧裡彷彿出現了翅膀的影子，向自己一路俯衝過來。白流星終於安下心來，伸出雙手、閉上了眼睛——

「流星……」

「流星？」

雲霧逐漸散去，白流星聽到「嗶嗶」和「嗡嗡」的機械聲。他動了動眼皮，看到上方的燈光，亮得刺眼。

「流星！」

是梅菲斯的聲音……

白流星看清楚對方時，腦袋也瞬間斷線，愣住了。

那是一個全身套著防護服的男人，他戴著口罩，從透明面罩裡露出來的一雙眼睛，白流星看得很清楚。綻藍色的眸子裡藏著對他的愛意與擔心，那是梅菲斯的眼睛。

「流星！醫生他醒了！流星！醫生！」

白流星問自己，梅菲斯有這樣笑過嗎？他想要回憶起梅菲斯的笑容，和這個男人做對比，但他卻發現自己記不起梅菲斯的臉了。

「流星，你終於醒了——醫生怎麼還不來？我去看一下。」

男人離開了，白流星艱難地轉頭，轉的幅度只有一點點，因為他的嘴裡還插著一條管子，手上插著點滴輸液、夾著監測儀器，身上好像也接了其他的管子，但他搞不清楚了。他覺得自己像一塊躺平的肉，即將任憑處置。

他看到旁邊有和他一樣插管的病患，一床又一床地躺在加護病房裡。醫療儀器運轉的聲音在密閉空間裡被放大，變得十分吵雜。

他覺得自己這才像來到了異世界，而這個世界有名字，叫做——「現實」。

第七章

嘴裡的管子被拔掉了，變成了面罩式的呼吸器，白流星也從加護病房轉到了負壓隔離病房。

他不知道別的醫院怎麼樣，但這裡的負壓隔離病房就像ＶＩＰ單人病房，病患可以下床走動——如果動得了的話。病房內有衛浴設備，也能使用手機、網路，缺點是很冷。冷到白流星覺得自己的腦袋根本是冬眠了，什麼都想不起來。

「你在開庭的時候昏倒了。」

醫院裡的人都對這個男人畢恭畢敬的，就白流星觀察，病房裡的設備會比較好，可能也跟這個人有關。

「法院和地檢署都在消毒，一半的人居家辦公，開庭的時間都延期了，你就安心養病吧——如果我不這樣說的話，你是不是就躺不住了呢？」男人的口氣溫和，但白流星卻聽出了一絲冷嘲熱諷，是淡淡的那一種。

白流星坐在病床上，床背調整了個舒適的角度，讓他可以看著支架上的手機，正在用好似催眠的音量播放著新聞。

從去年年底開始，一種神祕變種病毒席捲全球，至今已經有成千上萬人感染。死亡率百分之六，重症率百分之四十，許多專業人士都認為實際情況可能比數據還要糟糕，因為計算與採樣的方式有誤差，有些人是重症後死亡，這可以很明確地計算在死亡率裡面，但有些人是沒有明顯症狀就猝死了，造成社會上人心惶惶。

該病毒會集中攻擊呼吸道，引發呼吸系統的發炎，因此很多病人送到醫院都是要戴呼吸器度過療程。也有新的研究指出，病毒正在不斷變種，目前已經有病人出現腦部和消化系統方面的症狀，彷彿只要是人體能夠被感染的地方，就會被感染。

許多國家採取邊境管制措施，航空、海運受到限制，工廠生產受到影響，公司裁員減班，民眾不敢上街消費，GDP正在不斷往下掉，最黑暗的時代就要來臨了。

白流星看著新聞裡那些被裁員的人，坐在公司門口抗議。警察以疫情期間請勿群聚、以免造成大規模感染為由，請他們離開，但這卻讓民眾更加不滿，大罵警察什麼時候變成企業的打手了？

畫面裡，忽然有個人倒下了。

倒下原因不明，恐慌便在群眾間蔓延。有人不抗議了，丟下紙板直接離開，警察也不敢靠近。一會兒，救護車趕到，全副武裝的救護人員把患者抬上車，接著來了一群化學兵，就地噴灑消毒水，抗議者不驅而散。

「你沒有什麼話要對我說嗎？」男人喚回白流星的注意力。白流星將影片按暫停，望向皺著眉的男人，「你是誰？」

「什麼？」男人一愣。

「你是誰？」白流星把手機架推到一邊，雙眼直視對方，「為什麼你會在這裡？」

「你在開玩笑嗎？」男人的表情變得不敢置信，他不敢相信自己聽到了什麼。那雙與梅菲斯一模一樣的眼睛，氣到像是要噴火了。

「我不認得你——」

「你怎麼可以不認得我？」男人失控大吼，但一吼完後，他又感到很後悔。他走到一邊，背影看起來挫折又憂鬱，好像有什麼重擔壓在他的肩膀上，快要抬不起頭來了。看到那樣的男人，白流星覺得自己的心臟好像也要糾結起來了，但他真的想不起來。

聽到病房裡的聲音，醫護人員進來察看，男人馬上質問醫生：

「是病毒感染到他的腦子了嗎？為什麼他會說不認得我？」

「先生，請你先冷靜一點！」

「他怎麼可以不認得我……你怎麼可以不認得我！」

男人拉下口罩，白流星頓時愣住了，那是梅菲斯的臉。

他不記得梅菲斯長什麼樣子，當他回想起梅菲斯站在森林小屋前的畫面，或是梅菲斯跟他在一起時的情景時，梅菲斯的臉都會變成一團模糊的白霧。但如今看著這個男人，看著看著……他與梅菲斯的臉就重疊了。

他沒有梅菲斯的長髮和銀燦燦的頭飾，沒有穿著梅菲斯的披風、背後也沒有翅膀，但他們兩人的臉是一樣的——不，應該說，這個男人的臉更加真實。如果不刻意回想梅菲斯的臉，很容易就會淡忘，而這個男人正取代梅菲斯，入侵他的大腦記憶。

「流星，我是你老公！」

「……」

「你現在這樣是在懲罰我嗎？說你不認得我，是變相在趕我走嗎？你就這麼討厭見到我嗎？我到底做了什麼？」

白流星聽不懂這個人在說什麼，也不明白自己為什麼要白白承受對方的責罵，因此他不想示弱，「你有證據嗎？」

「什麼？」男人瞬間轉變為錯愕。

「你說你是我老公，所以我們公證結婚了？我跟你？你有證據嗎？」

「這種事情要什麼證據？要我把結婚證書拿給你看嗎？還是身分證？」

「先生……」護理師試圖勸架，醫生也一臉尷尬。

「拿去！」男人從皮夾裡拿出兩張身分證，丟到病床上。

白流星撿起身分證。一張是他的，一張是對方的，他這張的配偶欄印著「安穆程」，而安穆程那張的配偶欄印著「白流星」。

即使拿著身分證，白流星還是沒有實感。這種東西也有可能是偽造的，但對方偽造這種東西的目的是什麼呢？如果從動機來思考，這件事就顯得更加荒唐了。

「你昏迷了三個星期，中間兩次送進加護病房。你的血氧一直掉，我看著你的指甲變成紫色，我卻無能為力……你為什麼要這樣對我？為什麼說你不認得我？是因為我想簽放棄急救嗎？你發現我想簽放棄急救，所以你在懲罰我嗎？」

罪惡感籠罩著這個男人的心，讓他變得不理智。他講到眼眶泛紅，但白流星卻一點實感都沒有。

「我真的聽不懂你在說什麼。」

上一秒自己還站在懸崖上，下一秒卻躺到了病床上，這中間的落差只有白流星自己能體會。他覺得自己好像失去了什麼，像是小慕、梅菲斯，還有那離群索居的森林小屋……像是異世界的奇幻冒險，和會說「我愛你」的男人。

「你不知道我失去了什麼……」

白流星看著這男人，雙眼泫然欲泣，而男人聽到這句話時，整個人震驚不已。

「你……你知道了嗎？」

「知道什麼？」白流星只覺得這人講話沒頭沒腦的，他需要有人來為他講解一下。

「我不認得你！我不記得你！我像來到了異世界，過去的記憶『啪』地一下就沒了，我也……」白流星頓了頓，決定換一種說法。

「你說你是我老公，代表我們結婚了，那你是α嗎？」

「是。」男人在醫護人員的規勸下把口罩戴好。

「我們有標記嗎？」

「你連這種事都不記得？」男人似乎覺得很荒謬，他望向醫生，醫生在平板上記錄病徵，「我們當然有標記！哪一個α會跟Ω結婚，卻還不標記他的，那不是很奇怪嗎？」

「那……」白流星摸到自己的後頸，「我後面有咬痕嗎？」

男人嘆了一口氣，那是一種無可奈何的訊號，因為他得陪對方耗下去了。

白流星沒有捕捉到那個訊號，他太在意自己的後頸了，現在只想查看那裡到底有沒有咬痕。他沒有想到，如果這個男人真的是毫無關係的陌生人，那他根本沒有理由留下來，一個出身高貴的α不會為一個素昧平生的Ω這麼做。

「有嗎？」白流星看不到後頸，身邊也沒有鏡子，他只能問旁邊的護理師，護理師尷尬地搖頭。

「欸欸欸，先生！」

白流星想自己下床去照鏡子，但他才剛有起身的動作就被阻止了。

「慢慢來，慢慢來。」

他有些疑惑，才發現身旁這群人並非要阻止他，而是在男人的授意和醫生的同意下，為他摘除氧氣面罩，協助他起身、轉身，將雙腳放下床。

護理師為他整理身上的各種管線，地板很冰，所以男人蹲在地上幫他穿上了拖鞋。那動作十分自然，好像不需要有人叫他做這件事，他就會自己主動去做，而且他心甘情願，一點都不覺得這件事很麻煩。

白流星看著男人的動作，明明就只是一個小動作而已，但他可以感覺到，兩人之間一定有經年累月的情誼，才會讓一個α為一個Ω彎下膝蓋。

真正用自己的力量站起來才是考驗，白流星之前都沒有感覺到，原來身體這麼沉重，稍微施一點力就覺得很喘。

他走了幾步，明明是平地，卻覺得像是在爬山。他看到牆上鏡子裡的自己，瘦得兩頰都凹下去了，皮膚一點光澤都沒有。而在他身旁攙扶他的男人，雖然套著防護服和透明面罩、口罩，但他仍然有一雙健壯的手臂，和能一把摟住他的體力。

「這個病毒是不是不太會感染α？」白流星茫然地問。

男人遲疑了一下才回答：「我不清楚數據，但好像是，至今都是β和Ω比較嚴重。」

「……」

「你會好起來的，都脫離危險期了，代表你體內的免疫細胞已經在殺病毒了，剩下只要調養就好。我會動用最好的資源——」

「我看不到啊！」白流星突然轉頭，但從他這個角度，在鏡子裡還是看不到自己的後頸，「我看不到有沒有咬痕！這樣的話我怎麼知道——」他用手去抓自己的後頸，都被指甲抓出紅痕了，男人趕緊握住他的手。

「不用看了！沒有的！把他扶回床上。」男人交代護理師，他怕自己動作太粗魯。「你自己去醫美把咬痕除掉了，你都忘記了嗎？」

「什麼？」白流星都還來不及走回病床。

「除咬痕的手術很簡單，但只能改變外觀，不能改變信息素。現在的醫美診所都很謹慎，這種事都是要簽切結書的，我還留著當時的切結書和信用卡帳單，如果你要看的話……」男人嘆了一口氣，「我等一下回家拿。」

他放棄與白流星爭執了，直接拿「證據」比較快，他甚至不厭其煩多跑一趟，這讓白流星沒有再爭執下去的立場。

——這個人真的是我老公嗎？

白流星問自己，他有與這個人纏綿悱惻的記憶嗎？

如果沒有，又「看」不到證據的話……

「我聞不到你。」

一滴眼淚從白流星的眼眶裡流出。

「我聞不到你的信息素，安先生。我不記得你。」

「……」安穆程愣住了，但他冷靜下來，露出恍然大悟的神色。

他望向醫生，醫生也有結論了。

結論就是，這是一種確診後遺症。至今已經有許多個案在染疫康復後表示，他們失去了嗅聞信息素的能力，原因不明，會持續多久也不確定。畢竟人類對於該病毒的研究還不多，這是一種新型病毒。

白流星的情況再嚴重一點，醫生推斷可能是因為長時間昏迷，導致記憶障礙。但白流星沒有忘記怎麼吃飯、怎麼使用手機，日常生活會用到的知識他一點都沒忘，因此醫生認為這個障礙只是暫時的，隨著時間的推進和適當的刺激，患者恢復的機率很高。

安穆程懷疑記憶障礙是病毒導致的，那是不是要給予更多的抗病毒藥物？不然怎麼可能會忘到連自己是誰都不知道？白流星還把身邊最親近的人都忘了，簡直像有人直接把他的腦袋挖走了一大塊！

醫生面對「患者家屬」的質問，只能無奈表示，抗病毒藥物不是這樣用的。事實上，至今也沒有針對新型病毒的特效藥，醫護人員只能做症狀治療，最終還是得靠患者自身的免疫力。回到白流星的情況，他的身體正在復原中，現在應該是做復健和靜養的時候。

白流星對「患者家屬」與醫生的爭論並不感興趣，他靜靜地坐在病床上，戴上氧氣面罩，冷漠著看著這一切。

自古以來，「家屬」都是最難處理的一方，因為他們既不是當事人，卻永遠比當事人的意見還多。一個不認識的男人在自己面前扮演起這種角色，那種感覺很微妙。

白流星認清了事實，他沒辦法爭論安穆程是不是他的老公，因為物證擺在眼前，心證上，醫護人員也都把「安穆程」當成他老公，沒有人會懷疑這個人是不是一個來路不明的陌生人。

先不論他們是不是真的有標記關係，而是如果他們有法律上的婚姻關係，那安穆程這個人就擁有極大的代理權力。他可以替他簽署很多文件，也可以堅持轉院，不讓自己接受良好的醫療，甚至把自己丟在一旁自生自滅……

「流星……」

「流星！」

男人的聲音將白流星從思緒中拉了出來。

「我要回家一趟，要我把切結書和信用卡帳單拿來嗎？」

「……」白流星還沒想好要怎麼應對這個男人，但他注意到對方的態度變了。好像，對他有了一點距離，兩人因此可以保持著一定程度的禮數。

「你每天都會過來嗎？」

「對，你在加護病房的時候，醫生准許我每天過來探視三十分鐘，對你輸送信息素，這樣會讓你比較舒服，也有可能會比較早醒過來。隔離病房就沒有限制了。」

「有用嗎？」

「我不知道，但這是我能做到的事。」

「加護病房也算公眾場合吧？你不會影響到其他病人嗎？」

「你怎麼連這個都忘了呢？」男人無奈地笑了一下，「我可以在公共場合施放信息素，不會影響到其他人。」

「……」怎麼可能？

這不符合他對α的認知。

被標記的Ω只會對對他標記的那個α有反應，但一個α可以標記一個以上的對象，他們的信息素也可以影響標記以外的Ω……

白流星倏地想起來了，極優性的α是可以做到的！他們操控信息素的能力天生就很厲害，除了隱藏信息素，讓自己變得像β以外，他們還能針對特定人物施放信息素，這讓他們與一般的α不一樣。

一般的α施放信息素猶如天女散花，散出去就是全部的人都會受害，因此在公共場合施放信息素，針對個案可能會加重處罰。但極優性的α可以讓自己的信息素如子彈般精準，他們收放自如的能力，連醫生使用專業儀器都監測不到，這就讓極優性α的犯罪事實變得很難證明……

「你在想什麼？」男人的聲音打斷了白流星的思緒。

「啊……沒有……」白流星的腦袋亂糟糟的，他現在一想到什麼，思緒就會往那個方向奔騰，宛如拉不回來的野馬，但他想起了關於自己的蛛絲馬跡。

「不要想太多，你現在要養病。醫生不是也說了，復健和靜養，你很快就可以出院的，不用擔心。」如果不是穿著防護服、戴著乳膠手套，男人一定很想摸摸他的手、他的頭，白流星有這種感覺。

「醫生說可以讓我在隔離病房待久一點，但我還是不能陪你過夜。」

「先生，這裡畢竟是『隔離病房』，你是不把『隔離』放在眼裡嗎？」

「我沒事，α不容易染疫。」

「至今就沒有α染疫的案例嗎？」

「這……」

安穆程的遲疑，白流星都看在眼裡。

白流星現在唯一的資訊來源就是手機了，就算這個男人不說，但只要有手機和網路，他就可以查到資料。

「我請了看護，我不在的時候她會陪著你，有哪裡不舒服就馬上叫醫生，不要自己想辦法，也不要跟我客氣。」

「……」白流星蹙了蹙眉，不太懂最後一句話的意思。

「把這裡的人都當成下人使喚，要多少錢我都付，但是你不可以有一點損傷。」

白流星的眉頭蹙得更深，男人對他的關心隱藏在這霸總的發言裡，雖然有點政治不正確。

「好了，玩你的手機吧，這裡也沒別的娛樂了。」男人把放在置物架上的手機拿給白流星，「我走了，你要連絡我喔。」

『我不是有回你訊息嗎？』

『我是說見到你本人！我們就不能坐下來、面對面好好談一下嗎？』

白流星腦海裡突然響起兩個男人對話的聲音，一個冷漠，一個委屈。

安穆程走出病房，白流星看著那背影、再看著負壓隔離門緩緩關上，他的臉色頓時變得慘白。

哪一句話是誰說的？

安穆程跟他……到底是什麼關係？

白流星看著自己的手機，螢幕是用指紋解鎖的，這完全沒有鑑別度，因為如果是用密碼解鎖，他還能回想一下對自己有意義的數字。但用指紋解鎖就簡單多了，他不用回想密碼，也可以讓醫生判斷他「是不是還記得怎麼使用日常工具」。

「真沒想到我要搜尋自己的老公……」

白流星把安穆程的名字打進搜尋欄內，除了一些同名同姓、可以忽略不看的社群網站外，他找了一篇報導——

【ＭＳ藥廠挺醫護、拚防疫，捐贈口罩、防護服】

藥廠二代安穆程表示，因爲深知第一線醫護人員的辛苦，很高興能爲大家盡一分力。ＭＳ藥廠將持續發揮企業力量，爲社會……

後面那一堆歌功頌德的話，白流星就先不看了。他特別放大了關鍵字：藥廠二代。

疑惑解開了，為什麼醫護人員會對那個男人那麼畢恭畢敬，為什麼病房裡的設備會特別好，甚至還能讓他出入加護病房、隔離病房，不全因為他是α的關係，更重要的應該是這個身分——藥廠二代。

「原來我老公是有錢人……」難怪能用霸總的口氣說話。但是……

白流星心裡又覺得怪怪的。他持續輸入MS藥廠的關鍵字，像是執行長、總經理、董事長、發言人等……都沒有找到安穆程的名字。難道安穆程沒有在自家的公司上班嗎？

「下次再問好了。」

白流星關掉網頁，翻看手機裡的資料。這支手機裡儲存的東西代表了他這個人，自己是個怎麼樣的人呢？他很想知道，但又有點害怕。

他不記得自己的過去，但「過去」既然那麼不容易被想起來，是不是曾經發生過什麼不好的事，以致於他潛意識中不願意想起來？

他點開手機裡的相簿，看到文件、文件……還是文件！

「我以前到底是過著多無趣的生活……」

他沒有仔細去看文件的內容，就只是滑過去而已。他滑到很下面才看到兩人的照片，是他與安穆程，兩個人都笑著。

他馬上就想起來了。

跟在「異世界」的時候不一樣，沒有噪音和頭疼來阻止他——他此時倒希望有一股神祕力量來阻止，不然他很快就想起來了。想起這個男人是誰、以及自己是怎麼對待他的。

白流星的手指滑過一張張照片，大學時的照片、大學時的照片，還是大學時的照片。兩人的照片都是大學時代拍的，接下來就沒有了，白流星找不到最近的，連能證明兩人結婚的照片都沒有。

——怎麼會這樣？

白流星的指尖停在一張照片上，那是他與安穆程站在一棵聖誕樹下。安穆程摟著他的肩膀，他雙手抱著安穆程的腰，他們笑得像全世界最幸福的情侶，白流星都不知道自己還能不能這樣笑。

他們是在大學裡認識的，在一個非常特殊的情境。安穆程是他的「學長」，但不是同一個系所的學長。他們在課業上毫無交集，只是因為對方比他大，所以他都叫安穆程「學長」。

學長對他很好，什麼都順著他……

「天啊，不要想起來！不要想起來！」

✻

「我不想瞞著你。」

有一次約會的時候，安穆程突然語重心長道。

那天，他們在聖誕樹下拍完照，安穆程為他買了一杯熱奶茶，安穆程自己則喝著咖啡，他們沿著公園散步。

公園裡掛著聖誕燈飾，很多父母帶著小朋友、也很多情侶在這裡拍照。熱鬧一點也沒有減損情侶們的依偎，或許他們需要的並非是一個安靜的角落，而是兩個人能在一起，就能形成屬於他們的角落。

白流星還記得，自己很喜歡跟安穆程一起散步。他可以跟學長一邊走路、一邊聊天，兩個人可以走很久很久，累了就找一間餐廳或咖啡廳坐下，從食物聊到哪間店又漲價了，再從漲價聊到國際局勢，兩人彷彿有聊不完的話題，每次都可以多認識對方一點。

「我媽叫我去國外留學，畢業後馬上出發，學校已經看好了。」

安穆程是一個很溫柔的學長、很好的男朋友。

他的好，是什麼話都可以對他說的那種，偏偏在這時候，白流星閉緊了嘴巴。

「我不想推託什麼……都是父母逼我的之類的，我不想說那種話。因為……我自己也想去。」

交往之前，白流星就知道安穆程的原生家庭和自己不一樣，但安穆程身上沒有富家子弟的闊綽氣息。除了他的衣服質感比較好以外，他會吃學校附近的學生餐、會喝廉價的咖啡，用的原子筆也沒多高級。

更重要的是他的談吐、他所表現出來的一切，讓白流星喜歡。

喜歡——最重要的永遠都是喜歡。如果不喜歡的話，戀愛就沒有談下去的必要了，不管這男人的身家多雄厚都一樣。

而且，白流星很清楚，安穆程的身家都是他爸媽給的，他爸媽不會看得上自己這樣的Ω。

「學費是他們付的，他們還會給我生活費，最基本的要求就是要學會跟公司管理有關的東西——我也不知道那是什麼。但，可以去國外，我想這也會改變一個人的視野吧？」

安穆程說著，白流星都只是靜靜地聽。

「我對管理不是很有興趣，我覺得自己沒有那方面的才能，但還是可以把它當成一門學科、把它讀好，剩下的時間就是我自己的了。我想，在國外應該有很多東西可以看，或許我可以找到我想做的事。像是……興趣那一類的？我是個沒有興趣的人，你願意跟我在一起，真是委屈你了。」

「……幹嘛那樣講。」白流星小聲抗議。

「我是真的沒有興趣！我不喜歡喝酒玩樂、不喜歡爬山潛水、不喜歡騎腳踏車，對投資不是很懂，也沒有想要開拓什麼大事業，我的生活很貧乏。」
「喂喂，先生，現在是在比有錢人有多樸實無華嗎？」白流星的白眼都快要翻到後腦杓去了，安穆程卻笑了。
「只是想讓你知道，我跟別人不一樣。」
「……」
想跟別人不一樣，白流星也會有這種心情。他拚命想向這個世界證明，他不是平凡的Ω，也不願屈就於「Ω就該怎樣」的價值觀。他認為那個「怎樣」是填空題，答案應該由自己來譜寫，而不是由別人來定義。
「你喜歡喝甜的咖啡，不喜歡黑咖啡，那就是一種喜好了。」白流星早就注意到，安穆程每次都會點有摻料的咖啡，像焦糖瑪其朵、維也納咖啡那一類。反倒是他自己不喜歡甜的。
安穆程微微一笑，「我還喜歡跟你在一起。」
「……」白流星臉紅了。
這男人總是能在不經意的時候，把情話說得像喝水一樣，白流星自認自己做不到，但他並不討厭安穆程這樣——只要不是對每個Ω都這樣就好了。
「反正，我就是想跟你說，我決定要去留學了。」

白流星點點頭，輕輕「嗯」了一聲。

然後他等著，等著安穆程說要分手。

白流星心裡七上八下，他知道分手後自己一定會很傷心，但傷心死不了人的，他相信自己會撐過去的。

其實，在他心底還是有一塊小角落，吶喊著「那我怎麼辦」——怎麼可以把我丟下？太不人道了！然而理智又很清楚地告訴他，那是安穆程的人生規劃和夢想，自己有什麼資格去阻止他？

安穆程說自己沒有興趣喜好，那只是在自謙。安穆程這個人的個性，就是不會把自己做過的事展現出來，但天生就擁有豐富資源的他，不可能會沒有能力。相反地，就是因為有資源，他也想好好運用這份資源來栽培自己，才想去留學的……

所以，就算安穆程嘴上不說，他一定也有自己的理想和抱負。

或許就如他所說的，只是沒找到而已。但如果找到了，他就會往那個方向衝刺，那是誰也阻擋不了的。

「你有更喜歡的人嗎？」安穆程突然問。

「啊？」白流星愣了一下。紊亂的思緒被打斷，此時反倒不知道要說什麼。

「我說，你有更喜歡的人嗎？」

安穆程以為白流星只是單純沒聽清楚，畢竟公園裡人太多，他們走到遊樂器材區了，小朋友們尖叫著跑來跑去，玩得很亢奮。

「呃……」

看到白流星呆萌地眨眼，安穆程乾脆摟著白流星轉向另一邊，往人比較少的地方走。

「如果你沒有更喜歡的人，可以繼續喜歡我嗎？」

「什麼啊……」白流星有聽到安穆程在說什麼，但他不懂話裡隱藏的意思。

「我希望我們還可以像現在這樣。」安穆程牽起了白流星的手。

白流星先是看著那隻手，又望向安穆程。慧黠的他猜到了些眉目，但他不敢肯定，怕是自己自作多情，「……你沒有要跟我分手嗎？」

「在你遇到更喜歡的人之前，請繼續跟我交往。」安穆程停下腳步，凝視著白流星的雙眼。都市裡是看不到星星的，但在流星的眼眸裡，可以看到。

「你會去多久？」白流星問。

「兩年。跟學術類的課程不一樣，畢業不是靠論文，重點是實習。如果我可以在公司做出成績，或許可以再快一點。」

「你有信心嗎？」

「我不知道。」安穆程尷尬地笑了笑，摟著白流星繼續走，「我不是經商的料，我自己知道。要比技術……我也不是科學家或化學家，提不出什麼劃時代的發明。但是，我不會浪費時間的。」

「我以為你會說要分手。」

「其實，我有想過。」安穆程連這點也不想瞞著對方。

白流星的胸口揪了一下。兩個人才正式往幾個月而已，就要經歷分別，他無法假裝自己不在意，他的心早就動搖了。

裝作不在意或等著對方先分手，那不過是想裝豁達而已。

會去假裝豁達，那就表示自己根本沒有那麼豁達，明明就是很在意、在意得不得了啊！

「你知道我為什麼會想這件事情嗎？」

「還有什麼？分手哪需要什麼理由……」白流星自認不是個浪漫主義者，他看到的都是現實的殘酷，他未來想要選擇的職業也是要一頭栽進現實裡的，那是與惡最近的距離。

再加上，他是一個Ω。

如果α是天選之人，β就是平凡的普通人，Ω則是比別人還要辛苦的人。他的世界裡早就不存在粉紅泡泡，他也不敢讓自己有過多的妄想。

因為想太多，換來的可能是失望。

「我覺得分手是需要理由的。」安穆程道，「不愛了、不喜歡了，就是一種理由。當然，我沒有那樣想，只是覺得，自己好像會耽誤到你。」

「耽誤我？」白流星不明白安穆程的意思。

「我要去兩年。我們有很多種管道可以連絡，手機訊息、視訊什麼的，放假的時候我會回來，你要來找我玩也可以。但是……兩年，你會想遇到比我更好的人嗎？」

「我覺得你很好了啊。」

「還是，我會遇到比你更喜歡的人呢？」

聽到安穆程的話，白流星都要哭出來了，他愣住了。

他在心裡吶喊著「我該怎麼辦」，但他怎麼就沒想過，安穆程也有可能在國外遇到更好的Ω呢？

比他更好，可能是極優性的Ω。個性也會比他更好，可能是聲音甜美、會討人歡心的類型。可能會比較溫柔體貼，不會像他一樣，總是以「我」為出發點去思考。

長得也比他更好看……更有經驗……

「噗！」安穆程笑出聲，白流星頓時瞪大眼睛。

他這麼難過的時候，這男人怎麼還笑得出來？

「你是不是有點危機感了呢？」

「什麼……」白流星一臉錯愕，又覺得莫名其妙，「你到底想說什麼？」

「你一副要拋棄我的樣子，你以為我沒察覺到嗎？」

「我哪有……」我才是被你拋下的人……

白流星有口難言，但他不懂要怎麼表達自己的心情，也不懂安穆程為什麼會誤會。

「穆程，我沒有、我……」

「我常常覺得，你會丟下我往前走。因為你有你自己的目標，但我沒有那種東西，我只是想要跟你在一起而已。我的願望很卑微。」

他淡淡地說，卻刺痛了白流星的心。

「流星，我不是要怪你、也不是要阻止你，我很支持你的夢想。但是、其實，我有感覺到，你是一個為了達到目標，可以捨棄感情的人！你就是這樣的人，你跟別的Ω不一樣，你跟任何人都不一樣。」

白流星知道自己跟別的Ω不一樣，但他以為自己只是個性不那麼溫順，不像別的Ω那麼討人喜愛。他沒想到安穆程是那樣看他的。

「你講這個幹嘛？」白流星在自己沒意識到的情況下，露出了冷淡的嘴臉。

安穆程聳肩，頗為無可奈何，「就只是想讓你知道，我有在試著了解你。」

「所以，你到底是要分手還是不分？不分的話，講那些幹嘛？」

「你稍微為我緊張了一下。」

「什麼？」白流星皺眉。

「『安穆程也是很有人氣的』、『如果他在國外遇到別的Ω怎麼辦』、『他是不是會更喜歡那個人』，一想到你也會緊張，我就舒服多了。看來這段感情並不是我一廂情願。」

「我不懂你為什麼要講這些，繞那麼大一圈。」

「你知道信息素在我眼中是什麼樣子的嗎？」

「什麼樣子？」白流星有時候也會感到無奈，安穆程的想法經常十分跳躍。

「就像線一樣，能一圈一圈地纏繞。我可以把信息素繞在你身上，你知道嗎？」

「……」白流星不知道，因為他看不到。

對他來說，信息素是一種氣味，他要控制自己的信息素都有困難了，更別說要把那東西「繞」到別人身上。

安穆程的話當然是一種比喻，但白流星相信，那些極優性α真的可以做到常人不容易做到的事。他們的生理構造、內分泌激素真的異於常人。

「我可以在你身上纏繞信息素嗎？」安穆程笑著問，一手輕輕摸著白流星的脖子。

「……你平常沒有嗎？」白流星可以聞到淡淡的梔子花香味，那是安穆程信息素的味道。他都可以聞到、兩人又靠這麼近了，自己身上一定早就都是對方的信息素了。

「平常不一樣，我只是沾在你手上或肩膀上而已。」

「還可以用沾的喔……」

「就像一片羽毛，輕飄飄降落。」

安穆程的比喻有點難理解，白流星忍不住笑了。

其實，在白流星心裡，安穆程要怎麼擺弄都無所謂。他們都一起度過發情期了，混有信息素的精液也早就將他體內射得滿滿的……

「兩年也沒有很久，我也還要兩年才能畢業。」白流星摟著安穆程的腰，就像熱戀期的情侶會貼在一起走路那般，他們現在就是熱戀期啊！

「那等你畢業後，我們一起住吧。」

「我們現在偶爾也會……一起住了，不是嗎？」白流星抬起脖子。雖然沒有要接吻，但兩人靠太近了，好像一不小心就會親下去，他喜歡這種距離。

在和安穆程成為情侶之前，他都不知道自己還能跟α貼得這麼近。這個距離已經侵犯到他的私人領域了，但他還是很開心。

安穆程卻在看到白流星的脖子時，皺了一下眉，「你沒戴防咬圈？」

「喔，」白流星拉開圍巾，露出毫無遮掩的脖子，「我不喜歡被束縛的感覺。」

「不是有比較親膚的材質嗎？」安穆程把白流星的圍巾綁好，扎扎實實地捆了好幾圈，白流星的口鼻都要被遮住了。

白流星把圍巾鬆開一點，不然還沒冷死，他就要先悶死了。「我說過了，我不喜歡！」防咬圈基本上就是一種項圈，讓Ω防止被α咬到後頸，以產生標記的效果。市面上有很多種材質和款式，有的主打醫療級的人工皮膚材質，有的用簡單大方的塑膠皮革製成，甚至還能做成文青小物、印刷圖樣上去，只能說商人真的很有創意。

「流星，不是我想說你，但這種事是能讓你說喜不喜歡的嗎？」

——又來了。

安穆程每次說「我不是想怎樣」時，他就是想那樣！白流星太清楚這個起手式了。

「好了啦，不是有你在我身邊嗎？」

「流星！」

「……」白流星有點不高興。

現在已經沒有「不戴防咬圈就是不檢點的Ω」這種傳統的觀念了。拜商業創意之賜，防咬圈變成一種時尚，自願戴防咬圈的Ω也不在少數，但白流星就是不喜歡脖子上被套著什麼的感覺，那不僅束縛了他的身體，彷彿也會束縛他的靈魂。

「難道我走在路上，會有失控的α衝過來咬我嗎？如果有的話，那應該要去怪α，而不是怪我吧？」白流星大步往前走，安穆程只能跟在他後面。

「流星，我們沒有害人之心，但是也要懂得保護自己。」

「我不想再討論了！」

「流星！」

白流星停下腳步，他們已經走到公園的另一側了，這邊沒有市集攤位和燈飾，顯得特別冷清。

安穆程堅持要牽著白流星的手，「我有說錯嗎？我又不能一直保護你。」

「我沒有要你保護。」白流星至今沒有甩開這個男人的手，是因為喜歡。

喜歡、喜歡，還是喜歡。

從他們兩人第一次、真正面對面看著對方的那一刻起，他們就可以感覺到彼此的信息素正在奇妙地流動，可以察覺到「喜歡」，像兩雙翅膀合起來交纏。

所以，即使隱隱察覺到對方的價值觀可能與自己不同，兩個人不可能像彼此肚子裡的蛔蟲，但白流星還是想跟這個男人在一起，因為喜歡、好喜歡。

「你是怕我被別的 α 標記嗎？」白流星的口氣有些挑釁。

安穆程嘆了一口氣，十分無奈，卻還是選擇陪這個人耗下去，「你上次才跟我說，你們課堂上在研究一個判例。一個沒有戴防咬圈的 Ω，在下班回家的途中，被一個發情的 α 咬了。這起事件可以起訴 α 沒有做好自我管理，在發情的時候亂跑、違反社會秩序嗎？那為什麼同樣在發情期沒有做好自我管理的Ω，不會被起訴呢？」

「我不想跟你討論——」

「你有沒有想過，如果今天是你……！」安穆程看到白流星在瞪他的樣子，他就說不下去了。

其實，他也知道兩個人的價值觀是有差異的，但是喜歡、太喜歡了……

他無論如何都不願意看到憾事發生，光是想像一下就覺得很恐怖，所以，還是不要提了。或許流星才是對的，這種事情又不會發生、或者還沒發生，想它幹嘛呢？

「沒事，我不說了。」

「……你可以、標記我啊！」現在反倒是白流星抓著安穆程的手不放。

「我都說可以標記了！你那麼在乎我被別的α標記的話，那你怎麼不來標記我呢？」

「我不是在乎你被別人標記！而是這種事——」安穆程意識到自己太大聲了，可能會引來路人側目，公然談論這種事也對Ω不禮貌，但白流星可不領情。

「這種事怎麼樣？」白流星堅持要追問，口氣強硬，「這種事怎麼樣，你說啊！」

「流星，我們不該在公共場合討論這種事。」

「那Ω被α怎麼樣的判例就可以討論了？」

「我不懂你在氣什麼！」

「為什麼不咬我？」

「……」安穆程啞口無言，他完全愣住了，「這種事，不是該由你來決定嗎？你被標記了以後，就感應不到其他α的信息素了……我真的做了的話，你不會後悔嗎？」

「講的好像我在跟很多人交往一樣……我的男朋友只有你！為什麼我要感應到其他α的信息素？我腦袋壞掉了嗎？我愛的人只有你！」

「那你有打算與我共度一生嗎？」

當時，白流星還不知道這個問題的重量，他只是拽著安穆程的大衣衣領，抬起頭親吻安穆程的嘴唇，「我想回你家。」

「流星……」

「帶我回家！」

✼

標記，這是他們之前就一直在討論的話題。

他們一起度過了發情期、確認了關係。但唯有標記，安穆程不把它視為一個必要的選項，每次相處的時候都小心翼翼地要白流星戴上防咬圈。

白流星在遇到安穆程之前，他也不認為那是一個他會規劃到考慮範圍裡的選項，但認識安穆程後，他變了。

最後他們還是標記了，選在其中一次發情期，安穆程用力咬傷了白流星的後頸。標記後，白流星立刻覺得世界變得不一樣了。

他不再覺得班上全是α、烏煙瘴氣地很難受，他發現自己聞不到他們了——那些帶有惡意，只是想要玩弄他、看他出糗的信息素，他可以把那些人都當作不存在。

原來只聞得到那個人唯一的信息素，是這麼得愉快！自己的身體也只會對這唯一的α產生反應，不會隨便來一個α，光靠信息素就可以把他搞得渾身難受了，這不是很好嗎？就不用把時間浪費在多餘的地方，可以專心讀書、準備考試了。

但是，他們太低估標記的威力了。

他們一直膩在一起，直到安穆程出國那天，送走安穆程後，白流星開始察覺到身體的異樣。

✽

「有什麼好看的……」

白流星對著筆電螢幕吃晚餐，筆電的視訊鏡頭開啟，畫面裡是還躺在床上的安穆程，慵懶的程度令人羨慕。

兩人兩地相隔十二小時，一個人在白天，另一個人在晚上，但他們還是可以找得到時間相處。有時候靠通訊軟體，反正一個人留言，另一個人看到就會回，訊息一來一往，不免給人一種錯覺，好像對方沒有離自己很遠。

安穆程總是堅持要開視訊，白流星倒是沒有這個需求。他沒有興趣把自己吃飯、換衣服、讀書讀到一半恍神的樣子都給別人看，縱使對方是自己的男朋友。他覺得人還是需要一點界線。

但他隱約可以感覺到，安穆程比他還沒有安全感，所以那經常性開啟的視訊鏡頭，就像監視器一樣，彷彿安穆程一定要看到他這個人，以及他的房間裡沒有別人。

『你在吃什麼？』

「牛肉麵。」白流星故意吸溜一大口，「你等一下要去上課嗎？」

『嗯，基本上是這樣。』

「什麼叫基本上？」

『就是……』安穆程一副很無所謂的樣子。在這種時候，白流星就會體會到他們的差異，『書都要自己念，有沒有坐在教室裡倒不是最重要的，討論課的時候再出席就好。

啊——我不是說還有實習嗎？我來才發現很多大公司的名額都被搶光了，看來我家還不夠有錢……』

白流星把碗捧起來喝湯，當作沒聽到，因為他插不上話。他目前的學費和生活費，是使用他過世父母親遺留下來的積蓄來支付的，但他自己還是有打工，畢竟那筆錢金額有限。這一學期因為沒有抽到宿舍，所以得在學校附近租房子，這對他來說又是一筆開銷，於是增加了打工的時數，念書的時間就變少了。

『你好像很累。』安穆程見白流星只顧吃東西，也就換了個話題。

「還好。」白流星偶爾瞥一下鏡頭，不太懂自己的吃播到底有什麼好看的。

『你的身體還好嗎？』

「……」

安穆程經常問他的身體狀況，這已經讓白流星覺得有點煩了，但他的身體確實有一些異樣。以往兩人都會一起度過發情期，安穆程出國後，他當然就得自己過。他沒有去找別人的嗜好與需求，但就是發情期的症狀，在最近這一、兩個月內變得和以前不太一樣了。

「我沒事。」白流星回答。

『不舒服就去看醫生，不要忍耐，需要自費的藥就買，我不是有留一點錢給你嗎？』

「……」

這又是一件白流星不想提起的事。

白流星去機場送安穆程的時候，安穆程交給他一個長方形的信封，裡面有厚厚一疊紙鈔。白流星當場就想問，這是什麼意思？但話還沒說出口，安穆程就道：

『你可以收下嗎？我不能在你身邊照顧你。』

白流星當時嘆了一口氣，盡量用最沒有情緒地聲音道：『我不是你包養的Ω。』

『我沒有要包養你，我只是擔心你，你就當作是緊急備用金。』

『錢是從哪裡來的？你的錢不都是你爸媽給的嗎？』白流星自認沒有多崇高，他不想說「我愛的不是你的錢、是你的靈魂」這種屁話。因為安穆程帶他去吃的飯、喝的咖啡，讓他過夜時睡的床，都是用錢堆積起來的，而他也確實從這些物質享受中，感受到了快樂。

『是我自己賺來的。』安穆程說這話時沒有一絲愧疚，這就讓白流星覺得奇怪。

『你又沒有去打工，而且這……』從厚度來判斷，大約是工讀生兩、三個月的薪水了。

『我有一位很會投資的朋友，跟他的單賺來的。』

『什麼投資？那根本是投機吧！』

『不管怎麼樣，這都是我自己的錢。』安穆程堅持要把信封塞進白流星手裡，『你能收下嗎？這樣我會舒服一點。』

白流星知道安穆程的朋友都是有錢人，只有自己除外。那群有錢少爺可能有線報，加上他們的聰明才智和資源，這就是世人看到的「白手起家」。

『流星，拜託了，我不能在你身邊照顧你，如果連你也不好好照顧自己，那你不僅是在傷害自己，還是在傷我的心。』

白流星最終妥協了。他收下了信封，但一直沒有拿裡面的錢出來用。

Ω需要抑制劑才能表現得跟正常人一樣，白流星也是這樣。沒有與α度過的發情期，就要靠藥物來抑制身體的各種異常反應，而自費藥跟健保藥比起來，當然是自費藥的效果更好，副作用也更低。

買自費藥，需要錢，比一般看病還要多的錢。

跟安穆程交往的這些日子以來，都是靠安穆程送他昂貴的自費藥，白流星即使想對兩人的差距視而不見，他也不能否認安穆程替他省下了不少錢。

白流星聽到筆電傳來流水聲，原來是安穆程起床梳洗，去沖澡了。

安穆程是用手機開啟視訊的，所以他把手機也一併拿到浴室裡。當白流星回過神來，看到的就是蒸氣氤氳的型男抹肥皂秀。

「噢……」

他想擦拭嘴角，但那是因為他剛吃完一碗油膩的牛肉麵，不是因為流口水！

「有男友真是太好了……」

『流星？』安穆程剛好關掉蓮蓬頭，單純的沒聽清楚，『你說什麼？』他走出乾溼分離的淋浴間，把毛巾披在肩膀上。

「沒事，你快點去上課！」白流星以雙手遮著眼睛以下的臉。

『真的沒事嗎？』安穆程對著手機鏡頭說話，一邊擦頭髮。

白流星剛好可以看到男人的胸肌，他覺得自己快簡直快昏倒了！安穆程身材高瘦，穿起大衣特別好看，臉也是他的菜——喜歡，統統都好喜歡。

『你為什麼要遮著臉？』安穆程有些疑惑。

「你快點去上課！」白流星看到安穆程拿起手機，從浴室走回房間，手機拍到男人的嘴巴以下、胸肌以上，白流星終於知道怎麼會有人喜歡看直播了。

『我沒有那麼趕，我是看你在發呆我才去沖澡的，我不急著出門。』安穆程把手機放在書桌的手機架上，一邊擦乾身體，一邊找衣服出來穿，『你等一下要幹嘛？』

「……」

『流星！』安穆程不喜歡這樣，白流星好像故意不回他。

「喔，」白流星回過神來，「我等一下要去打工，今天排晚班。」

安穆程大口嘆氣，『我講的話你都沒在聽嗎？』

「什麼？」白流星不禁愣住，是自己的視線太露骨，被安穆程發現了嗎？

『為什麼又去打工，還排晚班？你需要好好休息！上次不是說發情期的時候躺了快一個星期嗎？身體都這樣了，為什麼還要糟蹋它？』

白流星在自己的手掌底下小口呼吸。安穆程赤裸著上半身，這個男人好像在做色情直播……是那種開摸前會講很多話的直播主。

『藥有在吃嗎？有去看醫生嗎……你到底在看什麼，有沒有認真聽我說話？』

「有……當然有……」白流星心虛地移開視線。

安穆程在自己的房間裡沒穿衣服，渾然不覺有什麼問題，『把打工辭掉吧，又沒多少錢，我幫你出就是了。』

「……」白流星馬上回歸現實，板起了臉。

『我知道我講話你都不愛聽，但是你真的不用介意，我想要照顧你，我在盡我所能了！你不要一直推開我，流星。』

「……我知道了。」白流星把視線移回到螢幕上，他不想看到安穆程對他失望，或因為他而擔心、傷心的樣子。

因為他喜歡這個男人，好喜歡。

「現在請假來不及了，我今天做完就辭職，這樣可以了吧？」

『嗯。』安穆程這才露出微笑，他嘴角一勾，英俊瀟灑。

他是不是真的辭了職，安穆程不可能去查證，白流星就是吃定了這點，所以選擇在言語上先安撫男友，反正之後怎麼做是他的決定。

他沒有辭職，但之後因為無故曠職而被開除了。那是發生在發情期的時候，以往他都是排休或請假一天，最難過的那天就在家裡休息，其餘就靠抑制劑撐過去，但這次真的太想睡了……

自從安穆程出國後，這一、兩個月的發情期症狀都變得很奇怪，倒不是像以前一樣會躁熱難耐，而是出現了新的症狀——嗜睡。他睡得像在冬眠一般。

他可以睡上一整天、不吃東西，連餓的感覺、和起床找東西吃的意念都沒了。整天就窩在被窩裡，抱著安穆程留下來的衣服，聞著那漸漸變淡的梔子花香，身體變得越來越重。

白流星不知道自己為什麼會變成這樣，但某一天他睡著後，醒來就在醫院了。

事後，白流星才知道，都是標記惹的禍。

標記不只是讓Ω感受不到別的α的信息素、或只對特定的α發情而已，標記影響的是Ω的一生。

雖說標記後的反應會有個體性的差異，科學上的研究僅能提供一個光譜，白話一點就是「每個人反應都不一樣」。以白流星的症狀來說，他遇到的是「反發情期」。

當一個Ω被標記後，如果標記他的α離開了，不論是空間上的遠離或是離世，只要沒有持續對Ω施放信息素的話，Ω就會陷入「反發情期」的症狀。

Ω會頓時對「生育活動」失去興趣，身體激素改變，思維活動能力、體力都下降，到最後對所有事情都失去興趣，整個人像縮進殼裡，每天都在昏睡。如果這時候沒有人為醫療介入，那Ω很可能會在補充不到營養的狀態下消瘦、死亡。

所幸現在已經開發出許多針對「反發情期」的藥物，可惜白流星吃錯藥了，他吃的都是針對發情期期間、改善信息素活躍的抑制劑，因此加重了「反發情期」的症狀。

安穆程每天都會傳訊息、打視訊電話給白流星，但在這天，他怎麼打都沒有人接、訊息也沒回。他從白天等到晚上，最後實在放心不下，就拜託朋友去白流星的租屋處看看。

朋友也是門鈴按了半天都沒有人回應，最後跟安穆程商量後，安穆程說他願意負責，朋友就去找了鎖匠，強行把門破開，才發現昏迷不醒的白流星。

白流星不知道餓了多久，送到醫院的時候有營養不良和脫水的症狀，安穆程緊急回國，在病床邊施放信息素，白流星才慢慢醒過來。

然後，就是白流星看到的那雙眼睛……

✽

「我怎麼會忘了呢？」

時間回到現在，白流星坐在病床上，靜靜地讓淚落下，卻不將它抹去。

他想起自己醒來時看到的那雙湛藍眸子，盈滿了擔心與愛意。那不是任何人的眼睛，那就是安穆程的眼睛！

安穆程對他展露笑顏。十年前，他躺在病床上的時候是這樣；十年後，他躺在加護病房的時候還是一樣。安穆程的出現，就像陰鬱溼冷的冬日終於出現了陽光，雖然沒有到非常溫暖的程度，但至少擁有了一些盼望。

能夠期盼，這是一種很特殊的能力，代表著一個人還沒有失去夢想。

經歷了世間種種，體會到自己與他人的差距等等的、現實的打擊，人們容易低下頭、盯著地行走。盯著地面走路縱然比較安全，這樣不容易踩坑跌倒，可是，這樣也就看不到天空了。不知道現在是藍天還是紫霞，不知道雨水落在臉上、和落在頭頂上是不一樣的。生命中細微的變化與美好都被吞沒了，每天就只會低著頭、快步前往目的地，那樣的人生還能被稱之為活著嗎？

曾經，白流星不在乎這些，然而安穆程帶給了他陽光，就讓他開始畏懼黑暗。

他不知道下一次的風暴什麼時候會來襲，因此感到惴惴不安，但安穆程放棄了夢想，選擇陪在他身旁。

「我為什麼會忘記你？」

白流星泣不成聲。

他的情緒太激動了，看護趕忙去呼叫護理師。護理師勸慰無效，最後還是醫生幫他打了一針鎮定劑，讓他沉沉睡去。

第八章

白流星坐在副駕駛座，看著車窗外的景色快速往後移動。

他在隔離病房待了十四天，採檢陰性後出院，安穆程開車來接他。

馬路上沒什麼車，整座城市像是被淨空了，路上也沒什麼行人。大部分的人都在家工作或居家隔離，城市的商業活動接近停擺，這不是個好現象。但看著熟悉的馬路和招牌，記憶也漸漸返回白流星腦中。

他記得哪條路左轉或右轉，會去到哪個方向，知道哪間店好吃、哪間店是新開的，記得幾號的公車會往返在哪條路上，想起快到某某站就是快到家了……

對於環境的熟悉度構成了「實感」，讓白流星不得不意識到一個事實——原來我是這個世界的人啊！

沒有去探索梅菲斯的世界真是太可惜了。

白流星不想把那段經歷當作一場長夢或譫妄。對他來說，「異世界」是真實存在的，不然某一部分的他，一定會承受不住。

車子緩緩開進社區大樓的地下停車場，白流星的記憶也慢慢回來了。他記得自己跟安穆程各有一輛車，但因為買房子的時候，只有附一個停車位，所以他們跟別的住戶租了另一個，兩輛車的車位沒有連在一起。他和安穆程不會去開對方的車，也不會過問對方把車開到了哪裡。

「我先把東西拿上去，你等我一下。」車子停進停車格後，安穆程對白流星道。

其實，白流星有注意到這整段路途中，安穆程時不時會偷看他，但安穆程都沒說話。可能是不想打擾他休息，也有可能是不知道該說什麼。

安穆程先提著住院的行李上樓了，白流星不想乾等，於是也下了車。

疫情期間，幾乎沒有人外出，整個停車場都是滿的。白流星順著記憶中的方向走，來到梯廳，按了往上的按鈕。

電梯門開啟的時候，安穆程就在電梯裡，表情頗為訝異，「不是叫你等我嗎？」

「我又不是不會走路。」

安穆程還是很堅持要扶著白流星，他也就隨便這個人了。安穆程按了二十樓，並等待電梯往上。白流星在腦中回溯著自己家門外的樣子，他不確定自己還記不記得，還是因為太熟悉了，所以沒有刻意去記門外有什麼東西？

電梯門開了，梯廳外有兩戶對門，安穆程走向右邊那戶。大門用的是傳統的鑰匙鎖，應該是方才安穆程已經回過家了，所以沒有鎖上，門把一壓就可以進去了。

果然，大門一開，白流星就看到行李放在玄關地上。

安穆程脫了皮鞋、脫下大衣，掛在鞋櫃旁邊的落塵區衣架上。他穿上室內拖鞋，直接走去廚房洗手，因為廚房流理檯是離門口最近的、可以洗手的地方。

一回到家就先去洗手，是這個家的習慣，在疫情之前就是如此了。但安穆程洗完手、要去收行李的時候，卻發現白流星還站在玄關。

白流星看著鞋櫃上方的鏡子……

『你今天可以早點回來嗎？』

『為什麼？』

『今天是你生日，我想跟你一起慶祝，我去買個蛋糕回來。你還有什麼想吃的嗎？』

『我可能不會那麼早回來。』

『那我把蛋糕放冰箱。』

『不用了，晚上吃那種東西會消化不良。我走了。』

『路上小心。』

「路上小心……」白流星看著鏡子呢喃，因為在夢裡，梅菲斯好像也說過這句話。

不，梅菲斯是希望他說……

「流星？」安穆程輕喚，喚回白流星的注意力，「怎麼了？」

「沒事……」

安穆程露出一個無奈的微笑，他走過去幫白流星脫下鞋子和外套。白流星目光呆滯，好像不知道「接下來該怎麼做」或「接下來該怎麼走」，安穆程注意到了這個小細節，但他提醒自己，必須忍住。

「你的房間在這裡。」他盡量讓自己的聲音聽起來和平常一樣。

安穆程帶著白流星走向主臥室，不過短短幾步，他卻發現白流星一直在打量周遭環境。那宛如進到陌生環境的表情，簡直要讓他心碎了。

回到家，白流星才漸漸想起「家」是什麼樣子，以及這個家為什麼是這個樣子。

例如，玄關地板是黑色的，因為黑色比較不會顯髒。從玄關進去後的地上都鋪上了木地板，這樣冬天比較不會冷。客廳沙發是淺藍色的布沙發，不是他挑的，是安穆程跟設計師討論後的結果。後面的牆壁貼了米色的壁紙，牆上有一大幅鮮豔的潑墨畫。那幅畫是安穆程媽媽送的，他一直都不喜歡這幅畫，但他坐在客廳的時間也很少，大多都是待在書房，所以也就算了。

對了，書房。

那是他專屬的空間。

這個家裡只住著他跟安穆程兩個人，沒有養寵物、也沒有植栽，可以說除了他們兩人之外，沒有其他活物。他自己覺得無所謂，但安穆程多次提起要不要養寵物，而最後都不了了之，因為養寵物還是有其麻煩的地方，安穆程也沒有堅持一定要養。

安穆程經常去花店買鮮花回來插，花枯了就扔掉，再買新的。如今白流星沒看到家裡有花，可能是疫情期間花店沒營業，或是因為他住院，安穆程就沒有心思去買了。

「流星，從醫院回來先把衣服換下來，我拿去洗。」安穆程已經把人扶到了主臥室。

白流星站在室內，看著整齊的大床和分放兩邊的衣櫥，彷彿也看到自己穿襯衫、打領帶，再套上背心和西裝，準備去上班的樣子，「我想去洗個澡。」

「……好。」

安穆程點了點頭，離開房間。

✽

安穆程離開後就後悔了。他站在客廳，看不到主臥室內的情況，這麼遠也聽不到水聲，沒辦法確認白流星在做什麼，總覺得無法心安。

他收拾完行李後，把自己的外出服換下來了。接著立刻把衣服拿去洗，細節一點都不馬虎。

砰！

突然傳來好大一道聲響，是重物掉下來的聲音。

「流星？」安穆程走進主臥室，裡面沒有人，髒衣服已經放進衣帽間的洗衣籃裡了。衣帽間連接著浴室，浴室門後面有水聲。

「流星？」安穆程敲了敲門，但都沒有回應，「我要進去了喔？流星！」

一開門，他看到倒在地上的白流星，安穆程心裡一驚，一個箭步衝過去要把人抱起來，但淋浴間的熱水沒有先關掉，搞得他自己也被淋溼了。水花一直打下來，他才想起要先關水龍頭。

「流星！」

安穆程抹掉臉上的水珠，白流星沒有失去意識，他還有要爬起來的意圖。安穆程顧不得自己變得如此狼狽，立刻將白流星抱出浴室。

安穆程的上衣都溼掉了，他把白流星放在床上後，自己馬上脫掉上衣、從衣櫃裡拿乾淨的衣服穿上，接著把溼衣服丟進洗衣籃裡。一系列動作完全不用思考，再次讓白流星深刻感受到，這裡的確是這個男人的家。

白流星坐在床邊，身上包著浴巾，安穆程則坐在地上，幫他的膝蓋上藥。

「真的不用叫救護車嗎？」安穆程在白流星紅腫的膝蓋上吹氣。

「不用。」白流星冷冷地回應。

安穆程拿毛巾擦乾白流星的腳，毛巾容易吸水，一下子就可以把水珠吸走，但安穆程的手卻停留在白流星的腳背上。他雙手握著白流星的腳，好像在捧著一件珍貴寶物。

「你可以叫我幫忙的。」

「……」白流星沒說話。

其實，並非他故意表現出冷淡的樣子，而是他不知道要怎麼跟這個男人相處。

雖然憶起了過往，但白流星仍沒有近十年的記憶，這個男人對他來說，仍是一個在這十四天內，每天只相處一小時的人。他依舊什麼都聞不到、什麼都感覺不到，感官好像被一層透明的膜罩住了。他隔著這層膜在看世界，就不能怪他把世界看得不真切。

「你可以放手了吧？」

安穆程有意無意地摸著白流星的腳，即使聽到對方這麼說，他還是沒有停下。

「放手！」

白流星要把自己的腳抽回來，安穆程卻用力抓住他的腳踝。

安穆程抬起他的腳掌，貼在自己胸口上，這近乎親密之人才會做的舉動，讓白流星頓時無法保持冷靜。

安穆程穿著一件單薄的上衣，白流星可以感覺到從腳底傳來的熱源，是這個男人的體溫。男人的胸口怦怦跳著，跳動的頻率也從腳底傳過來了，那有著非常巨大的存在感，宛如一座大山壓在自己面前，讓白流星沒辦法忽視。

白流星抬起眸子，正視這個男人的臉。他覺得男人的雙眼就像深海漩渦，彷彿會把他捲進去，把所有想通過的船隻都吞噬殆盡。

「你還是什麼都聞不到嗎？」

「咦？」

白流星先是一愣，不明白安穆程的意思。接著他看到安穆程的胯下隆起了，立刻嚇得往後退，安穆程也沒有再堅持要抓著他的腳。

「你、你怎麼……」

白流星脹紅了臉，宛如碰到一件羞於啟齒的事。他連話都說不好了，但安穆程卻嘆了一口氣，顯得很不耐煩。

「怎樣？我碰到我的Ω，他在我面前露肩露腿，我不能勃起嗎？」

「不是，你怎麼能說得那麼理所當然？」

「不然呢？」

「……」

安穆程的身體欲火難耐，他的臉上卻顯露出另一種情緒，他很難過、很傷心。白流星不理解他的情緒變化，但安穆程的情緒會像水一般滲進他心裡，等他察覺到的時候，自己已經全身溼透了。

「我連這種事都要求你，不覺得很悲慘嗎？」

「什麼？」白流星皺眉，他毫無頭緒。

「我不會離婚，那是我的底線！」

「……」白流星簡直啞口無言，他都還搞不清楚故事的來龍去脈。他等於是才剛認識這個男人兩個星期，然後兩人就跳到要離婚的環節了嗎？

「要糾纏，我們就一輩子糾纏下去！我不會離開你！也不會讓你輕易就把我甩開！」

原來在他生病之前，他們在談離婚嗎？白流星一點印象都沒有……

「流星，我們在一起快十年了！我知道你現在是生病了，要怪只能去怪病毒。但是，你把這十年來的回憶統統忘記，你不覺得這對我來說太殘忍了嗎？」

「……」白流星有稍稍想起一點，但他不敢在這時候開口。

「我們約好了每一個發情期都要一起度過，可不知從什麼時候開始，我只有在發情期的時候才可以碰你、甚至是見到你！跟你說話——我是說，跟你本人說話！」

白流星愣住了，他想起了「夢裡」的聲音。

『我是說見到你本人！我們就不能坐下來、面對面好好談一下嗎？』

原來那句話是安穆程說的。

『我知道你很忙很累，你回到家都十一點多了，明天七點又要出門。但是，我們好久沒講到話了……』

某一天、不，幾乎是每一天，他都會很晚回家。有時候安穆程會等他，但很多時候他都先去睡了。如果安穆程還沒睡的話，他總是會用溫柔的口氣問，晚飯吃了沒？要吃宵夜嗎？要吃一點東西嗎？

他已經在外面吃過了，而且晚上吃太多容易消化不良，這樣會影響睡眠品質，進而影響到隔天的起床時間。所以他非常克制，回到家都不怎麼吃東西，頂多就喝一碗湯。

如果他要吃的話，安穆程就會去熱湯，湯都是在晚餐時間煮的。他很久沒有和安穆程一起坐下來，在家裡的餐桌上吃晚餐了。

『我們可以聊一下嗎？』

很多次，安穆程好像有話想跟他說，但他都沒有停下來聽。

我很累、我要去洗澡了、我要睡了、我還有一點工作要做——你不要煩我！

『不要吵我，不要干擾我，不要妨礙我的人生，這樣很難嗎？你不知道現在對我來說，是一個很重要的時期嗎？』

他用最刻薄的言語，傷害著最愛自己的人。

這個男人卻每天比他早起，為他做早餐——通常都是烤吐司上面放太陽蛋，配新鮮水果或生菜沙拉。他也會帶安穆程為他準備的便當去上班，不知道安穆程是怎麼做到的，那便當就是可以做到少油少鹽又低卡，每次打開都像外面賣的，同事都說他有一個好老公。

白流星想起來了，這就是他以前的生活。

他每天早上七點出門，有時候更早。他提著公事包和便當，在玄關穿鞋子的時候，安穆程就會來對他說：『**路上小心**。』

他忙到連自己的生日都沒有時間慶祝，回到家的時候，蛋糕已經收在冰箱裡了。但他還是切了一片來吃，並看到桌上有安穆程手寫的卡片。

卡片裡有幾行字：**生日快樂，我會一直支持你、在你身邊**。

為什麼會這麼忙呢？因為他在辦一個大案子，做得好的話他就升遷有望了，長官會對他另眼相看，看不起他的人都會閉上嘴巴。他會一路高昇上去，直到成為法務部長……

他想起玄關的鏡子，他上班時都會穿三件式西裝，胸前配掛證件。此刻，他宛如看到鏡子裡的自己，頭髮梳得一絲不苟、面無表情，就像冷漠的國家機器。

證件上有他的大頭照和工作的單位——○○地方檢察署。

他想起自己是誰了，他是T市首位Ω檢察官——白流星。

「我晚上睡客廳。」安穆程冷靜下來了，「你有需要什麼再叫我，肚子餓的話你自己叫外送，我再幫你拿過來。」他不等白流星回話就離開房間，並順手帶上了房門。

白流星打開衣櫃，找出睡衣來穿。

他看著穿衣鏡裡的自己，消瘦枯黃，安穆程會對他這樣的Ω勃起，還真是意想不到。

這簡直就像是反轉再反轉的結局。

「原來我才是壞人……」

——《困在惡魔α的香氣裡》下集待續